Pierre Léoutre

Lectoure, eluctari

Avec mes remerciements à Thierry
pour sa relecture fraternelle.

À A...

Attendre, ce n'était pas la pire des postures, ce n'est pas une imposture non plus, même si je commençais à trouver le temps vraiment long. J'avais beau ouvrir et fermer le clapet de mon téléphone portable pour manifester mon impatience, de la même façon que j'aurais pu battre la semelle et de manière tout autant empressée, l'appel tellement attendu n'avait pas encore été reçu. L'incertitude et la frustration allant avec portaient non seulement sur la probabilité de cet appel téléphonique, mais pire encore sur la possession incertaine et peut-être diabolique, par l'intéressée du numéro de téléphone que j'avais lancé comme une bouteille à la mer. *Waiting for the dring, waiting for the dream* (jeu de mots anglais intraduisible en français ; grosso modo, une forme d'espérance chimérique qui avait de bonnes chances de devenir une réalité. Il suffisait d'attendre. Certes, cela pouvait paraître une façon étrange de vivre une histoire d'amour, une façon un peu trop passive (même si seule l'attente noue les intrigues et les tripes), et à la limite ennuyeuse pour qui aime agir et réagir, pour qui préfère l'action à la réflexion. Le bon côté de la situation était l'absence de limites, des contours flous comme l'était la logique de cette histoire, une sorte de rêve en réalité ; tout était permis et tout devenait possible ; le mauvais côté, c'était la longueur du temps qui passe, l'absence de réalité charnelle ; car je n'étais pas homme à me contenter d'un espoir symbolique qui concentre toutes les formes du désir, je désirais réellement la femme dont j'attendais l'appel.

En fait, la longueur de l'histoire devait se trouver derrière et pas devant. Fallait-il reprendre depuis le début ? Rembobiner le film en me disant que peut-être l'on se paie ma bobine ?

Mon histoire était fort compliquée et somme toute assez triste, je peux même lâcher le mot : désenchantée. Tout dépendait du thème choisi pour ce roman (roman : histoire pour passer le temps en attendant l'appel téléphonique de la belle Emmanuelle), mise en abîme de l'histoire dans l'histoire. Si le narrateur que je suis opte pour la tristesse, je vais me lancer dans des méandres mélodramatiques dont il faut supposer que le lecteur soit disposé à l'apitoiement (à moins d'y faire intervenir une dimension humoristique, voire comique, mais ce ne sera pas toujours facile ; j'ouvre une page au hasard d'un livre de Pierre Desproges et je lis : « Finalement, c'est une petite soubrette espagnole qui trouva la solution ». Authentique). Si l'écrivain que j'essaie d'être, choisit à l'inverse la joie et la bonne humeur, je peux faire vivre tout de suite le personnage féminin principal et attendu dans cette histoire ; et cet ajustement des variables permettrait d'accélérer le film, de remonter les escaliers.

Troisième solution, occuper le temps qui passe tout en sachant que la conclusion sera heureuse, c'est-à-dire qu'Emmanuelle et René se retrouveront le moment venu et seront très heureux pendant très longtemps jusqu'à la fin de leur vie. Il est certes possible de reprocher à l'auteur de ces lignes de dévoiler d'ores et déjà la fin positive de l'histoire qu'il rédige, espoirs pas vains ni encore déçus, mais cette conclusion prévisible n'est pas le but essentiel de cette rédaction torrentielle ; la pudeur interdit en effet de tout raconter, surtout ces instants de bonheur tant espérés, et l'introduction de l'espoir dès les premiers mots est une façon de partager d'emblée avec les lecteurs une musicalité enjouée pour la nuit comme pour le jour, et envoûtante par la porte basse des contraintes du désir et des affres de la réalité, ce qui offre une profondeur permanente au texte qui se déroule sur la page blanche.

Le petit téléphone portable fabriqué en Chine tenait dans ma main et son silence me narguait. Sans pour autant basculer dans l'obsession, je pensais à toi et n'attendais qu'une seule chose, ton appel, comme un amoureux sur une plage en train d'attendre la vague qui déferle. Je ne voulais te forcer la main ni forcer le destin, j'avais donc décidé d'être particulièrement patient ; mais comme je trouvais le temps long ! Et comme j'avais hâte de te revoir et de te serrer dans mes bras, tant d'années après t'avoir perdue. Je me souvenais parfaitement de toi, je n'avais rien oublié et les minuscules barrières que l'existence et le temps avaient placées entre nous n'avaient strictement aucune importance à mes yeux. Parfois, dans un effort de rationalité, j'imaginais les scénarii et les circonstances de nos retrouvailles mais pour dire la vérité, j'étais intimement convaincu que ces obstacles matériels et temporels n'avaient aucune valeur et que toi comme moi nous saurions facilement les dépasser pour nous retrouver – enfin ! –.

Utopie de ma part, et utopie douloureuse dans la mesure où j'avais placé la balle dans ton camp et qu'à ce jour tu n'avais pas encore manifesté le moindre signe concret pour reprendre cette histoire d'amour là où nous l'avions laissée, toi aux États-Unis et moi en Allemagne. Je n'ai pas oublié la douleur de nos vingt ans, mais j'ai encore le souvenir fort de nos sentiments amoureux, qui ne demandent qu'à renaître, qui sont déjà de retour, consumés, transis, phénix. Emmanuelle, mon amour, voilà ce que je peux encore écrire aujourd'hui, voilà tout ce que je ressens et tu le sais parfaitement. De l'imparfait au présent, de la troisième personne à la première, tout ceci n'est pas un fantasme ou un retour nostalgique, c'est une réalité qu'il va falloir vivre, toi et moi.

Songe étrange au tournant, au firmament d'une vie pour un nouveau rebondissement nécessaire et désiré, appel du large, retour d'affection, retour en arrière, regrets et attente. Mots qui s'écoulent comme les grains d'un sablier cabossé.

Une nouvelle journée, une autre nuit à espérer en vain ton appel et je n'ai entendu que les frôlements de fantômes du passé ricanants. C'est dommage. J'écoute du Miles Davis pour passer le temps, je ne m'ennuie pas, mais j'aimerais te revoir. Le sommeil vient, encore une fois sans tes bras, demain peut-être. Et puisque tu me fais attendre, je te parlerai de ce dont je me souviens et de ce que j'aime.

Un jour de plus sans toi. Ou avec toi ? J'ai l'impression, plusieurs fois par jour, de te croiser dans les rues de Toulouse. Illusions fugaces et somme toute agréables, mais parfaitement crédibles car c'était toi dont j'avais besoin et que je voulais revoir, par un curieux et impératif caprice dont le ressort intime n'était que le besoin de reprendre le cours d'un chemin interrompu, césure, brisure, fêlure. Et malgré les premiers pavés gémissants à la limite de l'aigreur se dessinait une merveilleuse histoire d'amour.

En attendant, il faut bien vivre sans toi. Encore une journée de fichue à attendre en vain ton appel. Dur ! Mon errance me conduit à la table du restaurant de mon ami Charles ; il me sert à boire en me disant :
– Ta seule faiblesse, c'est de ne pas aimer les cons.
Mais bon, Einstein était beaucoup plus intelligent que moi, je n'ai toujours pas compris comment fonctionne l'univers et je suis là comme un con à attendre un agneau à sacrifier. Inéluctable Emmanuelle que je ne peux oublier et que je désire retrouver afin de renouer un fil brisé, reprisé, raboutage et appontage.

– Sois patient, me répond l'ami Charles, ce n'est l'affaire que de quelques jours et quelques mots jetés sur ta page blanche.

– Comment sais-tu tout cela ? lui dis-je.

– J'ai lu dans le marc de café, me rétorque-t-il en éclatant de rire.

Sa bonne humeur communicative me réconforte.
Emmanuelle n'était pas encore là, mais elle me faisait du bien. Petite muse pour grand amour, petits mots de rien du tout en attendant de la retrouver. C'était long, que c'était long, cette histoire !
Charles me ressert un verre et à l'instant précis où nous trinquons une nouvelle fois, nous voyons surgir l'ami Théodule ; c'est décidément une bonne journée. Il s'installe à notre table et, en le regardant, je pense à nouveau à Einstein. Je demande à Théodule non pas de me dessiner un mouton mais de m'expliquer ce que je ne comprends pas dans l'univers et il me répond bien volontiers :

– Mon cher, je ne suis plus guère savant mais comme je viens de voir sur *Arte* une émission sur le calcul des longitudes indispensable au repérage des bateaux sur mer, il faut savoir qu'un horloger écossais du nom d'Harrison a mis du temps, de nombreuses années et quatre modèles successifs pour passer d'une horloge à une montre de marine, un chronomètre dont la précision inégalée a permis à la marine royale de disposer d'un avantage très sérieux dans la guerre de course, d'éviter naufrages, morts et pertes de cargaisons précieuses. La micromécanique entre balanciers, remontoirs, échappements, a permis de garantir mieux que les étoiles une méthode pour savoir où l'on se situait. Maintenant les horloges atomiques à maser à hydrogène garantissent des précisions faramineuses et conduisent toutes les activités de navigations dont le GPS. La quatrième dimension a permis de se repérer dans les trois dimensions sur une sphère imparfaite et, par la trigonométrie sphérique, établit des relations précises et fiables. Le méridien de Greenwich définit une longitude originale et une base de temps universelle ; ainsi on parle de temps universel mais aussi de temps local. Quand Einstein s'en est occupé à travers la relativité généralisée et restreinte, il a montré que la vitesse pouvait influer sur le temps d'un voyage (très modestement et à condition de se rapprocher significativement de la vitesse de la lumière, ce qui n'est pas à la portée du premier venu) ; c'est le concept d'espace spatio-temporel à quatre dimensions, mais avec la théorie des cordes, la physique quantique et de nouvelles théories physiques unificatrices des grandes forces fondamentales, nous nous dirigeons vers des espaces bien plus complexes à décrire et donc à représenter. Depuis l'espace de Gauss, on a défini de nouveaux chemins et de nouvelles géométries (Riemann, Leontief, Lobatchevski) qui font que le plus court chemin n'est pas toujours la ligne droite et d'ailleurs on sait que la gravité courbe les rayons de lumière et influence leur trajectoire (lentilles gravitationnelles et déflexion du soleil). Pour la marche du temps, il faudra quand même compter... sur d'autres sources plus fiables.

Des mots. Désir de mort et tristesse. Heureusement arrive un autre copain qui s'installe, lui aussi à notre table. Il se met à nous parler de sujets graves et importants, qui relativisent les petites histoires d'amour du passé. André est branché sur des pétitions demandant une légalisation de l'euthanasie, qui concerne des malades que le corps médical ne peut plus prendre en charge avec un espoir de guérison et dont la vie finissante n'apparaît plus compatible avec la dignité humaine. Il nous parle des solutions pour mourir dans la dignité – suicide assisté médicalement, euthanasie passive, euthanasie active –, et de la protection juridique du médecin qui a pratiqué une euthanasie ; il nous précise que donner la mort ne requiert aucune compétence médicale ; par conséquent les professionnels de santé n'assumeront pas ce rôle. Se pose par contre la question légitime du droit au refus de l'acharnement thérapeutique (ou obstination déraisonnable), qui concerne les professionnels de santé ou les bénévoles impliqués dans l'accompagnement de malades en fin de vie notamment. La réponse à cette question particulièrement difficile d'un point de vue éthique est une loi française d'avril 2005, portée par la patrie des Lumières et des Droits de l'Homme et qui a vocation à être un modèle pour l'Europe et le Monde. André nous affirme qu'il faut appliquer cette loi et non la changer ; nous l'écoutons avec respect et attention car nous savons qu'il est souvent confronté, seul, à la douleur et au désarroi d'un patient et d'une famille ; ces enfants qui lui téléphonent en pleine nuit pour effectuer un soin à leur ascendant, car ils ne supportent plus cette interminable agonie, ces cris qui n'en finissent plus, ces moments de repos qui ne viennent jamais, cette hantise de s'assoupir une minute et d'avoir été absent au moment fatidique.

J'aime André car il aide des gens qui souffrent vraiment et nous sommes là à trinquer aux petits échecs de notre existence et à la défaite de la Gauche à l'élection présidentielle. J'aime André car il s'occupe des gens qui ont mal. Ses mots me touchent profondément et me bouleversent. Un silence suit ses propos puis nous nous ébrouons et reprenons notre vie de vivants.

Je pique du nez en pensant que je ne suis pas assez offensif. Un jour est passé et je n'ai toujours pas de nouvelles d'Emmanuelle. C'est triste. Les propos de mes potes me saoulent plus encore que le vin de Charles, je branche mon lecteur MP3 Ipod de chez Apple (à moins que ce ne soit Iphone, *a revolutionary mobile phone,* toujours chez Apple), et je lance *The Long and Winding Road*, ballade pop écrite par Paul McCartney qui fit partie à l'origine de l'album des Beatles *Let It Be*. Laisse faire, fais ce que doit, advienne ce que pourra.

En attendant, il ne me reste plus qu'à consulter l'horoscope. Sagittaire. C'est ton signe astral. Il voyage en sagittaire à Toulouse. Je passe par Saint Pierre des Cuisines, où j'écoute un peu de musique classique de mes amis musiciens, le pianiste Thierry Huillet et la violoniste Clara Cernat, mais je pense toujours à toi, cette histoire est diabolique. Alors je vais dormir en me disant que tu appelleras peut-être demain. Demain, comme disent mes amis africains.

C'était déjà demain. Obnubilé par mon téléphone portable français de fabrication chinoise, j'attends toujours son appel. A-t-elle des enfants, a-t-elle ouvert ses jambes pour un autre que moi, est-elle une mère de famille respectable, voudra-t-elle d'autres enfants de moi ? Est-ce qu'il est déjà trop tard ? Qu'allons-nous vivre ?

« Il n'est pas bon pour l'homme d'être seul », a écrit l'écrivain israélien Amos Oz. Cet homme dont je n'ai lu que les livres et dont j'apprécie l'esprit a dû aimer et être aimé, il est plus âgé et expérimenté que moi, j'aurais bien voulu lui demander son avis sur les questions qui m'agitent.

Un simple coup de téléphone d'Emmanuelle suffirait à changer mon monde, effet papillon, métaphore qui concerne le phénomène fondamental de sensibilité aux conditions initiales en théorie du chaos et que je préfère pour ma part à la théorie des dominos (un changement idéologique dans un pays peut provoquer le même changement dans les pays voisins) souvent utilisée par les Américains mais par trop destructrice lorsqu'elle se trompe de cible et constitue alors une injustice.

Mais je préfère revenir à mon agneau que j'aime. Vraiment.

Cette soirée solitaire se passe comme d'habitude à écouter le piano de Keith Jarrett, la musique sur laquelle je te regardais danser dans cette grande salle au parquet usé, au cœur de Lectoure. Le temps a passé, mais les souvenirs sont toujours là, comme une horloge arrêtée.

Mélancolie pour ce qui devrait être une fête d'amour. Un peu de patience pour cette inéluctable renaissance, pour ce phénix sentimental, pour ce retour à la vie.

Retour à la réalité. Le GI au visage balafré du film *Platoon* s'exclame : « Je suis la réalité ! ». Une amie m'appelle et me dit entre autres choses qu'elle a rêvé d'Emmanuelle, la belle lui affirmait qu'elle avait mari, enfants, bref, ce n'était pas trop bon pour moi. Dans ses rêves. Je me heurte au mur, qui s'écroule. Je sens que ça va être une bonne journée. Pour dire la vérité, j'espérais recevoir un signe d'elle le jour de mon anniversaire ; à la fin de ladite journée, je me dois de constater qu'elle n'a encore rien fait aujourd'hui. Patience. Le jour de la rencontre n'a finalement pas une grande importance, du moment que les étoiles se rapprochent en sachant qu'elles vont fusionner le moment venu. Cet instant est proche, c'est évident, avant même le terme de ce roman en cours d'élaboration qui devient une réflexion amoureuse au fil de l'eau claire de nos vingt ans.

Comme une sorte de nostalgie mélancolique de ce qui n'a pas été vécu, de ce qui est définitivement perdu. Que restera-t-il à vivre ? Allongé torse nu, je vois la machine nucléaire effectuer le scanner de l'intérieur de mon corps, le médecin me dit : « Bon pour le service, mais c'est quoi cette balafre pulmonaire ? » Vieille cicatrice énorme et visible, toujours présente et lourde à porter même trente ans après. Pleurésie en uniforme pour ne jamais oublier que je t'aime encore. Sans apitoiement ni faiblesse. Avec force et sérénité.

Puis il est des jours où la nuit arrive, juste pour aller dormir en rêvant de toi. Toujours en attendant ton appel pour renaître.

En attendant, célébrons les disparus. J'ai reçu un courrier du ministère de la Défense qui a répondu favorablement à ma demande et a retrouvé la trace de l'un de mes arrière-grands-pères, décédé sur le front de l'est de la France pendant la Première Guerre mondiale : Léoutre Joseph, soldat du 221e Régiment d'infanterie, matricule 015614 au Corps, Classe 1905, matricule 1089 au recrutement de Langres (Haute-Marne) ; mort le 21 août 1914 à Sainte-Marie-aux-Mines en Alsace ; sa fiche précise le « genre de mort » : prisonnier décédé ; disparu au combat ; il était né le 2 août 1885 à Chambornay (Haute-Saône). Cette fiche est disponible sur le site internet « mémoire des hommes ». Pour en savoir davantage sur Joseph Léoutre, je dois maintenant écrire aux archives départementales de la Haute-Marne. Cette

Administration me répond fort aimablement que la table alphabétique des registres matricules de 1905 (l'année de la loi de séparation des Églises et de l'État, il faut le noter) mentionne que Joseph Léoutre a été recruté à Vesoul (70) sous le numéro 1089 volume III ; pour obtenir copie des états de service de Joseph Léoutre, il m'est logiquement conseillé de prendre désormais contact avec les archives de la Haute-Saône. Je regarde sur internet, je trouve encore un Léoutre Marie, mort pour la France, dans la base des participants de la Grande Guerre (1914-1918) – Source : Historiques de régiment et Livres d'Or. Total des naissances pour le patronyme Léoutre sur la période 1966-1990 dans les quatre-vingt-dix-sept départements : vingt-cinq (la carte de France des Léoutre nés depuis 1890 montre quatre-vingt-cinq naissances recensées dans huit départements). Ma recherche parmi plus de cent vingt millions de personnes (virtuelles) me révèle trente-trois individus par d'autres arbres généalogiques (arbre kabbalistique de la Vie ou tableau des dix sephirot) ; dans les sources historiques mentionnant le nom Léoutre, cinq individus sont répertoriés dans quatre Bases Historiques ; quatre cent vingt-cinq actes distincts sont recensés parmi les relevés d'actes d'état-civil, dont un Registre d'état civil (Mariages : 1833-1852 - Table non filiative, liste par ordre chronologique, liste alphabétique par nom du sujet et nom du conjoint. 8381 actes. Relevés établis par la Bibliothèque

Généalogique de Lyon. Prix : 12,80 €) comportant le nom Léoutre à Villefranche-sur-Saône (69). Neuf CD-ROM historiques comportent des Léoutre (quatre-vingt-treize individus répertoriés). Joseph et Marie Léoutre, morts pour la France, tout un symbole. Deux Léoutre apparaissent encore dans les « tableaux par corps et batailles des Officiers blessés et tués pendant les guerres de l'Empire (1805-1815) » par A. Martinien (liste des officiers blessés et tués lors des différentes guerres de l'empire. Chaque officier est représenté par son nom, son prénom (si présent), son grade, son service et la cause de sa blessure ou de son décès). Un Jean-Justin Léoutre est connu de la base des Pensionnés du XIXe siècle (1855 - Pensions Militaires diverses) – Source : Bulletin des Lois. Encore un Léoutre, dans la base des naturalisations entre 1900 et 1950 (1910 - Réintégration), et un autre dans la base des Médailles d'Honneur de la Famille Française (1950).

En attendant, mes pas perdus me mènent auprès d'une amie qui vient d'avoir un bébé ; image parfaite et pure, rassurante et apaisante. D'un geste gracieux et tendre, elle dénude son sein gauche et allaite son enfant puis elle me regarde droit dans les yeux. Je suis troublé, naturellement.

Je reprends ma route. Je m'interroge au passage sur ce roman, ce texte un peu désespéré et en même temps plein d'espoir, tendre et touchant (même à bout), sensible mais fragile, nostalgique mais pas tragique. Risque de victimisation et de mièvrerie. Victime, on l'est souvent, de ses illusions jusqu'à ce que l'on en revienne et que le principe de réalité ne s'impose alors dans toute sa rigueur, parfois sauvage et terrible.

Voilà, je travaille sur moi-même, je progresse, j'améliore « mon propre rôle », comme dirait Serge Gainsbourg. Résumé de son livre (deux tomes) trouvé sur Internet : « Le ton Gainsbourg infatigable si singulier, ses innombrables jeux de mots, sa distance fréquente, ses réminiscences de Boris Vian, ponctuent inlassablement les textes dont il nous fait part ». Je soupire et passe la vitesse supérieure pour accélérer plus encore. Quel manque de modestie de ma part. Question de style. Je dois encore et encore m'améliorer pour qu'Emmanuelle n'ait que le meilleur de moi-même. Mais dans quel état ?

Emmanuelle moquerie, Emmanuelle fantôme, Emmanuelle brillante et vaine pulsion littéraire, Emmanuelle obsession pour étayer un passage difficile d'un pas sage épicurien et pourtant romantique. Pour avancer sur un chemin miné d'embûches, de bêtise et de tentatives d'humiliation, Emmanuelle repère lumineux. Chacun a les repères qu'il mérite, pour ma part je n'ai pas à me plaindre. Emmanuelle, existes-tu encore ? Quand vas-tu m'appeler ? Quand j'aurai mon IPhone ? Ou bien avant, lorsque ton sentiment d'amour sera revenu bouleverser toutes ces années où tu m'as laissé tomber parce que tu ne savais pas que j'avais besoin de toi ?

Toulouse, 19 juillet. Un jeune con agressif et angoissé, Charentais d'origine, me rentre dedans pour des motifs superfétatoires ; je le renvoie dans ses vingt-deux puis je pars pour Bordeaux. Je n'ai pas d'affection particulière pour cette ville, question style, paysage et climat, mais le fait est que je dois passer par elle pour des raisons familiales. Je prends donc en photo avec mon téléphone portable le décor de mon rendez-vous, la gare Saint-Jean de Bordeaux. Je laisse mes fils à ma mère, nous parlons vaguement de mon divorce, mais qu'en dire vraiment ? Tout cela m'ennuie et me désole. Je ferai du mieux possible, je regarde avec tendresse mes enfants. À la table voisine s'installent deux hommes qui parlent fort, j'entends qu'il s'agit d'aumôniers catholiques militaires, ils pérorent, heureux de vivre et satisfaits d'eux-mêmes. Je me demande vraiment dans quel monde nous vivons et que signifient ces merveilleux hasards qui m'indiffèrent et ne m'apportent strictement rien.

C'est la deuxième fois dans mon existence que je suis au bord de me battre avec un Charentais, à croire que nos caractères sont vraiment incompatibles. La première fois, c'était sur la place principale de La Rochelle, à la terrasse d'un café, un hâbleur débile qui était venu me chercher alors que j'étais là sans le moindre enthousiasme, sans déranger personne, dans mon coin, tranquille. Il est ainsi des gens et des lieux qui vous cherchent noise alors que vous n'y êtes pour rien. Le sang attire les chiens, c'est bien connu. Heureusement, au fond de ma poche, mon couteau corse repose.

La tendresse et l'amour viennent non seulement de mes enfants mais aussi d'Emmanuelle, heureusement et évidemment. J'ai reçu sa photographie cette semaine, l'émotion de revoir ce visage tellement aimé fut extraordinaire et depuis, elle ne quitte pas ma poche, elle aussi. Je sens physiquement sa présence, c'est vraiment une belle histoire d'amour.

Puis une journée ordinaire, à régler des chinoiseries. J'attends toujours ton appel, c'est le monde à l'envers, le prince *is looking for*. Très fort. Ton indécision et ta lenteur me laissent le temps de développer cette expérimentation littéraire, quasiment scientifique. Je note tout, j'enregistre tout, c'est parfois dur, toujours enrichissant. De la vraie et bonne littérature francophone. À désespérer du genre humain.

Puis rude journée pour l'écrivain, critiques perverses et vicieuses sur le cœur de la plume, intéressante stratégie destructrice. Je pense aux vagues de l'océan sur les roches blanches d'Étretat et tout va mieux. La boîte aux lettres m'apporte une carte postale de Nicolas Sarkozy, notre nouveau Président de la République, un clin d'œil d'un vieux copain. Ensuite la nuit estivale. Le téléphone chinois sonne et m'apporte quelques nouvelles récentes d'Emmanuelle, ce qui est extraordinaire. Elle est passée récemment près d'ici, à moins de deux heures de moi, elle était pressée et s'est acheté des chaussures. Il paraît que tu donnais l'impression d'être devenue un peu snob, que tu disais être très occupée dans ta vie de tous les jours. Voilà. Débrouille-toi avec cela. Mon amour porte des chaussures neuves. Tout va bien.

J'ai cru t'apercevoir, aujourd'hui, et je t'ai trouvée particulièrement belle. Peut-être s'agissait-il d'une illusion, d'un mirage comme ceux du désert, la chaleur caniculaire qui accablait cette journée estivale à Lectoure, le 4 août précisément, anniversaire de l'abolition des privilèges. Je t'ai vue, si belle, quitter la rue Nationale pour prendre la rue Sainte Claire. Ce qui a renforcé mon impression, c'est ton regard interrogateur, tu as tourné rapidement ton visage vers moi avant de reprendre ton chemin. J'étais attablé avec des amis, tu m'as regardé comme si tu partageais le même doute que moi. Mais s'agissait-il bien de toi, et du même doute ? Moi je savais pourquoi j'étais là, je m'attendais à te voir, toi tu ne pouvais pas penser me retrouver à cet endroit, c'était absolument inimaginable. Je n'étais plus rien pour toi, un vague et ancien souvenir. La seule réalité actuelle de moi pour toi était cette carte postale toute simple que je t'avais envoyée, il y a plusieurs semaines déjà et à laquelle tu n'avais toujours pas répondu. Je gardais mon abonnement téléphonique portable uniquement pour toi. Ce délicieux petit téléphone chinois représentait le seul espoir d'être à nouveau heureux. Avec toi. Même si je n'attendais que le moment de te retrouver, la silhouette que j'ai fugitivement aperçue aujourd'hui m'a considérablement ému, car l'Emmanuelle d'aujourd'hui est une femme superbe, une autre personne que celle que j'ai tant aimée autrefois. En attendant, j'avais accroché dans la cuisine, au-dessus de la cheminée, une reproduction d'un tableau de Van Gogh, les soleils fous et tournant dans le ciel du village et mû par la même inspiration que le peintre, je traçais ces mots ordinaires pour garder une impression de cet amour inéluctable.

Dans la rue de Lectoure, je passe. Une femme qui te ressemble se maquille, assise au volant de sa voiture, le visage penché vers son rétroviseur, un sourire sur les lèvres, un regard perdu dans ses pensées, elle promène le pinceau de rimmel ou je ne sais quoi sur ses sourcils. Elle me fait penser à toi, te préparant à venir me voir. Je continue à avancer.

Voilà comment un simple roman autobiographique, auto psychanalyse à quatre sous, devient peu à peu une grande histoire d'amour. Ce n'était que justice après tout, car le premier amour qui nous unissait, toi et moi, nous a été volé brutalement et il n'est que temps de renouer le fil de ce qui nous arrive. Peut-être hésites-tu de ton côté, et même tu te gausses de cette lubie masculine, de ce caprice de l'amant oublié, tout cela pour cacher ta gêne et ton interrogation que je ressens. Moi, j'ai franchi le pas. En attendant, je te raconte les petites histoires de ma vie, mais en toute franchise, tout ceci n'a qu'un seul but : séduire la chimère que tu es devenue et faire de toi une réalité amoureuse. C'est ainsi.

Mortelle solitude. En attendant la belle, je lis un *news magazine*. Un article consacré à la polémique ridicule sur le décolleté d'Hillary Clinton ; une phrase intéressante et juste des organisateurs de la tournée politique de la candidate démocrate : « Il est insultant de se focaliser sur le corps des femmes plutôt que sur leurs idées ». Dans ma Gascogne, loin de la campagne présidentielle américaine, je me mets à réfléchir aux idées d'Emmanuelle ; et suis-je blessant en la trouvant belle ? Requiem pour les troubadours ? Modernisation nécessaire des chansons d'amour ? Je pense qu'Emmanuelle se souvient de notre complicité fusionnelle, qui allait bien au-delà du plaisir et de la beauté physiques. Même une autobiographie sincère et honnête devra s'arrêter aux portes de l'intimité de notre relation, n'importe quel lecteur peut le comprendre. C'est une question de respect. C'est notre histoire à nous. Elle échappe à tout compte rendu, même littéraire, elle concerne uniquement un homme et une femme dans leur vérité et la réalité de leur union. Voilà ce que m'inspire le décolleté d'Hillary Clinton et je l'en remercie.

Quartier latin, mémoire trouée. Je repense à mes études de droit, j'étais de gauche. L'un de mes meilleurs amis était juif et socialiste, responsable du Mouvement des Jeunes Socialistes dans cette université parisienne très marquée à droite ; nous étions très souvent ensemble car séparés, nous avions peur de nous faire tabasser, mésaventure qui est d'ailleurs arrivée à une étudiante membre du MJS, dans le sous-sol de la Faculté ; ce n'était donc pas évident pour lui, ni pour moi, d'ailleurs, j'ai raté mes examens oraux alors que j'avais très bien réussi les écrits. Je vois encore ces jeunes fascistes, vociférants et très agressifs, violents, sur le parvis de l'université, meutes de jeunes loups mauvais. Moi j'étais du côté des militants de gauche, les socialistes, les communistes, les anarchistes, les libertaires, les trotskistes, comme du temps de mes études au lycée Henri IV où nous devions nous protéger contre les descentes des militants d'extrême droite avec sifflets d'alerte et barres de fer ; c'est la coutume au Quartier latin. Politiquement, j'étais loin d'être un extrémiste, j'aimais bien les anarchistes pour leur côté « Ni Dieu ni Maître », j'avais quelques bons copains à la Ligue Communiste Révolutionnaire mais je me sentais de sensibilité socialiste, je lisais *le Monde* et *le Matin de Paris* ; j'appréciais aussi le Général de Gaulle pour ce qu'il avait fait pendant la Seconde Guerre mondiale, mais pas pour l'Algérie bien sûr car, même si l'indépendance de ce pays était une obligation morale et une nécessité de l'Histoire, les Pieds noirs avaient été trahis par le pouvoir politique français et victimes de cette guerre coloniale, autant que les Algériens. Conflit fratricide dont la conséquence fut à mon modeste niveau une naissance à Paris, la ville lumière. Je suis parisien. Né dans le XIIIe arrondissement, qu'on appelle aujourd'hui le Quartier chinois.

Le Quartier latin, ce fut également à mes yeux toutes ces librairies et leurs livres, ce concentré d'intelligence et de culture, la Sorbonne, le Panthéon, ce délicieux restaurant de couscous où deux sœurs marocaines savaient si bien recevoir leurs hôtes, l'ambiance particulière et inoubliable de la Mouffe.

Un appel téléphonique rompt le silence de mes méditations pour m'apprendre que tu te promènes en ville avec tes enfants ; je laisse mes coordonnées en demandant instamment que tu me rappelles, puis je pars précipitamment dans la rue principale de Lectoure, espérant enfin t'apercevoir, te voir et te serrer dans mes bras en te disant tout. Mais tu restes invisible. Épuisé par cette attente qui est une torture, je m'installe à la terrasse d'un café en décidant de t'attendre, puisque ce mot te va si bien, jusqu'à midi. À midi, je m'en vais, penaud et triste. Une amie me fait cette citation cruelle de Franz Liszt : « Il faut quitter sa jeunesse et chercher mieux. Ce n'est pas bien malin d'être une merveille à vingt ans. Le difficile est de s'enrichir de la vie à mesure qu'elle vous arrache ses premiers dons » ; c'est une réflexion, je pense, de quelqu'un qui ne croit plus à l'amour. Pour ma part, je suis davantage optimiste et l'idée de renouer avec une femme, trente ans après, me semble même une excellente chose, particulièrement émouvante, autant pour la reconnaissance d'un corps après tant de temps, que pour l'esprit d'aujourd'hui et la découverte du chemin parcouru par cette femme tellement aimée et désirée. Aller ensemble à l'essentiel, après avoir perdu autant de bonheur. Tant et si bien que j'attends avec impatience l'appel d'Emmanuelle, oui. Tentation non virtuelle, amour abstrait et voulu, nécessaire et inéluctable. « Obsession apparente pour un vrai désir d'avenir », comme dirait notre amie Ségolène Royal. Je ne sais si cette attente éprouvante a pour but de me faire écrire ou si ton silence signifie que tu n'as pas envie de me revoir. Pourquoi ? Tu ne peux ignorer cet appel. J'ai besoin de toi.

Toi non ? Toujours pas d'appel, *waiting for the moon*. J'ai compris, nous jouons à cache-cache, jeux d'enfants, jeu d'amoureux. Ne me fais pas trop attendre, je supporte mal la solitude. Je vais à la fête du melon. Lectoure résonne de la musique des bandas, la foule est sympathique, les tables sont dressées dans la rue principale, je m'installe naturellement à celles du club de rugby, je regarde passer les femmes brunes en attendant celle qui sera toi.

De ce point de vue, et à ce jour, je dois reconnaître que la situation est décevante sentimentalement. Car enfin, tu as maintenant toutes les informations nécessaires pour te rapprocher de moi, comme je te le demande gentiment mais fortement, sans non plus te harceler car je te respecte trop et je me plais à imaginer toutes les bonnes raisons qui font que tu ne m'as pas encore téléphoné. Tu n'as peut-être strictement rien à faire de ton amour de jeunesse qui t'appelle au secours, tu as une vie rangée de femme honnête, mariée, mère de famille, encore aimante de son conjoint ? Tout le monde t'a peut-être caché mon appel ? Non, je ne peux imaginer cette hypothèse. Alors je ne comprends pas et je me morfonds. J'ai mis ta photographie en fond d'écran de mon ordinateur, j'ai regardé les photographies superbes des danseuses gracieuses exposées dans le hall de la Mairie de Lectoure en repensant à l'émotion amoureuse que je ressentais autrefois en te voyant danser, toi, sur la musique de Keith Jarrett. Bref, cet assaut indispensable à la hussarde se brise contre le mur de ton indifférence ou de ton silence, je ne sais, et je verse dans la nostalgie alors que le volcan devrait exploser. J'aurais pourtant tellement besoin de te serrer dans mes bras et te dire que je t'aime encore.

Tard dans la nuit, je m'achète des paquets de tabac et je repense à ce que j'ai écrit sur La Rochelle. J'ai été un peu dur. C'est la ville où habitent mes parents, où sont enterrés mes grands-parents que j'aimais tant ; j'aurais préféré qu'ils fussent à Toulouse, ville où ils ont vécu à leur retour d'Algérie avant d'aller s'installer à Paris. Dans la tourmente que je viens de vivre, deux Charentais m'ont apporté leur aide, et l'un est même devenu un très bon ami, ce qui prouve que, même moi, je puis faire des concessions dans mes animosités et mes rancunes. Moi, je serai enterré à Lectoure, après mon centenaire ; c'est ainsi que je déclarerai ma flamme à Emmanuelle, pour l'éternité.

Cet après-midi, j'ai appelé un copain d'enfance, toujours aussi stupidement grenouille de bénitier. Les bras m'en tombent de voir des gens aussi soumis à la religion et au clergé. J'abrège la conversation car je n'ai pas grand-chose à dire, en fait, à ce paroissien.

Très tôt, à Auch, où j'avais été inscrit au catéchisme pour des raisons de convenances, j'avais été mis de côté par le curé car j'avais manifesté mon scepticisme devant les fadaises dont il voulait nous bourrer le crâne ; et j'avais été puni en étant placé à part du groupe d'enfants, avec des crayons et des feuilles blanches ; c'est ainsi que j'ai failli devenir dessinateur de BD et que j'ai conservé le goût pour l'art pictural et l'anticléricalisme ; à l'âge de sept ans, j'avais même été giflé par une religieuse auscitaine parce que j'avais osé lui dire que je ne croyais pas en Dieu et en la vie miraculeuse du Christ ; et cette femme avait osé, elle, frapper l'enfant que j'étais. Je n'en avais même pas ressenti un sentiment d'injustice, je ne m'étais pas senti victime d'obscurantisme religieux, j'avais simplement et définitivement trouvé ces gens bêtes et méchants, même si l'un de mes arrière-grands-oncles savoyards était allé mourir comme prêtre évangélisateur au Japon.

Mon nom est d'origine suisse. Peut-être que mes anti-mémoires lectouroises sont la chronique de l'un des derniers païens et que le genre humain se soumettra comme un troupeau d'agneaux aux dogmes des clergés ; vraiment, je ne le souhaite pas. Moi, je l'ai déjà écrit dans cet opus, le seul agneau que je souhaite sacrifier, c'est Emmanuelle, c'est nécessaire à mon bonheur et au sien. C'est une histoire d'amour entre un homme et une femme.

En attendant, je croise un autre copain, un Lectourois, agréablement surpris de me voir installé dans sa ville. Il me dit que je suis de retour au pays, il me considère comme un Gascon et il n'a pas tort ; mes racines sont ici, j'ai beaucoup reçu du Gers et je ne suis pas un ingrat, j'ai aussi beaucoup donné et notre relation positive est loin d'être achevée. Bonne nuit, Emmanuelle, nous n'avons jamais été aussi près de nous retrouver et je t'embrasse tendrement.

En attendant, j'arrange la maisonnée, j'arrache les mauvaises herbes avant d'y planter de jolis rosiers. Je crée un nid, occupation dérisoire qui n'est pourtant plus d'actualité en ce qui me concerne. J'ai passé l'âge, je suis maintenant dans le plaisir le plus total et la liberté absolue, hormis les responsabilités qui sont les miennes et que j'assumerai avec satisfaction, à commencer, bien entendu, par celle de père. Mais dans l'ensemble, Emmanuelle adorée, j'ai beaucoup de temps à te consacrer. À toi de savoir saisir cette chance et cette main tendue, ces bras ouverts pour que je puisse serrer contre moi ton corps jamais oublié, un peu affadi par le temps, comme le mien, sans doute, mais nous nous reconnaîtrons, et nos regards plongeront l'un dans l'autre pour oublier et recommencer. Nous sommes libres de nous aimer, nous ferons tout ce qu'il convient de faire mais l'essentiel sera entre nous, comme des amoureux qui savent redevenir amants. L'amour fusionnel que nous avons connu et qui allait bien au-delà du plaisir physique est prêt à renaître de ses cendres. Tu le sais aussi bien que moi. En bonne danseuse tu t'esquives encore un peu pour mieux préparer notre désir.

Waiting for the moon, pour l'inéluctable reprise de l'histoire. Que fais-tu à l'instant précis ? Imagines-tu qu'un scribe déglingué est en train de délirer sur le possible amour que tu pourrais lui offrir, à l'image de ces beaux scénarii de films où tout s'enclenche à merveille, comme dans un rêve ? François Truffaut, Woody Allen et Claude Lelouch auraient adoré nos retrouvailles par-delà le temps et les obstacles de nos vies symétriques. L'infini étant ce qu'il est, nos lignes droites se retrouvent enfin, je pose mes lèvres sur les tiennes pour ce baiser attendu depuis près de trente ans, un tiers de siècle à courir pour rien ou presque.

J'ai aimé les mères de mes enfants, j'ai aimé aussi d'autres femmes qui me l'ont bien rendu, j'ai même connu le sexe sans amour et sans intérêt, je n'ai donc pas à me plaindre de quoi que ce soit. Mais dans le cadre d'une autobiographie parfaitement honnête, je dois écrire que seules deux femmes ont véritablement compté dans ma vie, deux belles brunes, toi et Sarah, la Babyblue rencontrée en Israël, qui a traversé mon existence comme une étoile filante, amour passion, amour sincère et profond, amour qui ne pouvait pas durer et qui, seul, a pu faire vaciller le sentiment durable que j'avais pour toi ; mais même Sarah, oh Sarah, même elle avec qui j'ai connu le même amour fusionnel, même elle ne put te remplacer complètement dans mon cœur. Quand elle est partie, j'ai énormément souffert mais c'était bien une sorte de fatalité puisque je n'avais pas su retrouver l'unique amour de ma pauvre vie d'être humain, puisqu'à ton retour des États-Unis, nous ne nous sommes pas revus, contrairement à nos promesses. Promesse non tenue, à qui la faute ? Il n'y a pas de faute en amour, il n'y a pas de morale, juste la vie qui passe, qui perd ou qui gagne. Mais alors que je commence à apercevoir dans mes miroirs le vieillard que je deviendrai plus tard, je dois constater, et toi en même temps que moi, que tout cet édifice n'a été bâti que sur ton absence. Un homme qui affirme qu'il n'a vraiment aimé qu'une seule femme dans sa vie, est-ce crédible ? Est-ce que cela peut expliquer les échecs successifs ? S'agit-il vraiment d'échecs, d'ailleurs, ou de moments de la vie ? Est-ce inconsciemment te culpabiliser *a posteriori* ?

Mais tu n'en as rien à faire, de cette culpabilité et tu as bien raison. De toute façon ce n'est pas ce que je te demande, ce n'est pas ce que j'attends de toi. Et tu n'y es pour rien, moi non plus d'ailleurs. Le bourreau de nos amours de vingt ans est resté invisible et j'ai porté ce fardeau toute ma vie, comme ces paysans des tableaux de Van Gogh, pauvre Martin, pauvre misère. Mes mots naissent sans cesse de mon clavier, source d'une infinie mélancolie, agneau origine du feu destructeur, agneau d'une renaissance espérée. Chacun ses rêves, je ne demande pas la lune, après tout, ou si peu.

J'expose aux regards mon amour pour toi, c'est le risque inhérent d'une autobiographie dans laquelle je me suis engagé à dire la vérité et cette vérité n'a été que toi. Je suis désolé de ma franchise, j'espère que tu la comprends et j'espère surtout que notre amour renaîtra de ses cendres.

Ce serait bien que tu m'appelles.

Je t'ai perdue pendant mon service militaire, tu le sais. Nos parents, inquiets de notre passion, ont voulu nous faire réfléchir et nous ont séparés. Tu es partie une année entière aux États-Unis. Je t'avais suppliée de ne pas le faire, tu t'es quand même éloignée, j'aurais peut-être alors déjà dû comprendre que ma vie ne serait plus qu'une attente vaine, que tu ne m'aimais pas suffisamment pour sacrifier cette expérience américaine. Tu es arrivée aux États-Unis, moi j'ai abrégé ma préparation militaire d'Officier de l'Armée de l'Air et devancé l'appel en demandant les Forces Françaises en Allemagne. Une année pour tuer le temps à Müllheim en attendant ton retour. Tu connais l'histoire. La maladie, l'hôpital militaire à Fribourg, le retour prématuré à Paris avec une balafre au poumon dont un médecin m'a dit le mois dernier qu'elle était encore visible, trente ans après. Je ne peux pas t'oublier, tu vois. Toi, tu ne savais pas ce qui m'arrivait, mes courriers désespérés ne te parvenaient pas. Tu continuais ta vie américaine en pensant sans aucun doute me retrouver à ton retour en France, et moi je n'avais plus de forces, je t'en voulais de plus en plus de ne pas me donner signe de vie alors que je souffrais, puis que je pansais mes blessures. Pensais-tu véritablement revenir vers moi après ton séjour aux États-Unis ou avais-tu déjà tiré un trait sur un amour de jeunesse ? Je ne sais toujours pas. Pourtant, tu m'as bien appelé lorsque tu es rentrée dans notre pays, tu m'as juré que tu ignorais ce que j'avais vécu. J'entends encore le son de ta voix et moi, comme un idiot, je t'ai répondu que c'était trop tard, que j'avais trop souffert à t'attendre, alors que pourtant je t'aimais encore et que je t'aime encore. Un vrai looser. Pas de chance. Mais tu comprends la rage qui m'habite encore aujourd'hui, ce sentiment d'injustice et de gâchis, cette volonté et cette énergie à te clamer encore et toujours mon sentiment d'amour pour toi. J'ai écouté en boucle les disques de Bruce Springsteen, uniquement pour penser à toi, Emmanuelle, uniquement pour comprendre le sens de ce malheur affectif.

Ce serait bien que tu m'appelles pour que nous parlions ensemble de cet enchaînement de circonstances malheureux. Et pour que nous puissions continuer à nous aimer, si cela est encore possible, s'il n'est pas trop tard.

Maintenant, je suis vieux, usé et désabusé et je me promène seul dans les rues de Lectoure, dont le charme et la gentillesse sont le bonheur qui me reste.

Un ami m'apporte justement un petit dictionnaire historique et sympathique des noms de rues lectouroises, dont l'auteur est le comédien et écrivain Laurent Rachou, dit « le Gasconteur », et préfacé par Georges Courtès, le président de la Société Archéologique et Historique du Gers ; je le feuillette puis je le lis attentivement pour comprendre le passé de ma ville gersoise.

J'ai toujours aimé Lectoure, en grande partie en raison d'Emmanuelle mais pas uniquement. Je ne suis pas inconscient au point de confier mon avenir ou ce qu'il en reste à des seuls souvenirs. Mon affection pour Lectoure ne s'est jamais démentie et il me semble normal d'être là aujourd'hui. J'écrirai prochainement avec des amis un livre sur cette ville, c'est la moindre des choses, j'y ferai beaucoup, certainement, en fonction du temps dont je disposerai ; mais gravé dans le marbre, ou mieux encore, dans la pierre blanche de la fontaine Diane, ton prénom, Emmanuelle, puis je contemplerai le paysage magnifique de la Gascogne, du haut des remparts lectourois, regard dérisoire sur le ciel bleu du Gers, regard dans le vide que crée ton absence, attitude logique d'un homme qui attend depuis si longtemps et qui n'a plus grand-chose à perdre puisque tu représentais tout pour lui.

Tu es peut-être effrayée par le caractère excessif de ce texte estival, tu te dis sans doute, à ce stade de ta lecture à l'ombre de tes fleurs méditerranéennes que j'exagère, que je compense, que je m'accroche à toi parce que je n'ai plus rien d'autre que toi, que je fantasme inutilement et en connaissance de cause car je sais bien que tu es une femme sérieuse et déjà engagée par ailleurs, que l'on ne réécrit pas l'histoire, surtout l'histoire d'amour, que le temps perdu ne se rattrape jamais et que nos sentiments ont été incapables de résister aux années qui passent, contrairement aux belles pierres blanches de Lectoure. À ce stade de ta lecture, tu te convaincs certainement que tout ceci n'est qu'un jeu littéraire, un exercice de style, un soulagement thérapeutique par les mots, une plaisanterie élégante mais un peu osée de celui qui t'avait affirmé, autrefois, qu'il t'aimait pour la vie.

Et pourtant, ce n'est pas un jeu vidéo, ce n'est pas du cinéma, c'est une histoire vraie, une toute petite aventure humaine comme il en existe des milliards, très très loin classée dans l'échelle de la tragédie du genre humain, une petite histoire d'amour toute simple entre un homme et une femme, qui peut-être se terminera bien, dans le bonheur et la tendresse. Qui sait ? Toi, tu sais. Moi, j'ai fait tout ce que j'ai pu, honnêtement, je suis là, j'ai donné, j'ai attendu, j'ai fait ce que j'avais à faire, je suis allé aussi loin que possible. Maintenant, c'est à toi de voir et d'agir. Voilà.

Un peu frustrante, ton attitude silencieuse. Je déambule dans la ville, je crée mes habitudes, je m'installe à la terrasse de mon café préféré, un café où l'on aime les chats. Il fait un temps magnifique et malgré moi, je reste vigilant sur les silhouettes féminines qui passent, toujours cet espoir insensé de te croiser par hasard et d'assister au nouveau départ de notre histoire. Puis je rentre chez moi pour continuer la recherche de mes mythes fondateurs, comme cette anecdote racontée par ma mère en janvier 2006 :

« Je suis née en 1938, à Chartres, donc tout ce que je peux dire, c'est ce que j'ai entendu de mes parents par bribes. Ils n'ont jamais vraiment "raconté" ce qui s'était passé, ou bien j'étais trop petite pour y prêter attention. Mon père, Roger Viette, était médecin de campagne dans un petit village de Touraine. C'était très dur à l'époque et au bout de dix ans, il a souhaité aller en ville, d'autant que mon frère et ma sœur arrivaient à l'âge du lycée (on dirait collège, maintenant), et auraient dû entre pensionnaires. Il a donc passé des concours administratifs. Quand je suis née, il était directeur du laboratoire municipal de Chartres (je crois que c'était le terme exact). Jean Moulin était préfet de Chartres. Je suppose qu'il s'est rapidement impliqué dans le mouvement de la Résistance. Pour ne pas parler au cas où il serait arrêté par les Allemands, il s'est ouvert la gorge. On a fait appel à mon père pour le soigner. J'ai entendu mon père dire : « Je n'ai pas de mérite, il ne restait plus de médecin à Chartres ». La blessure était sérieuse car je me souviens que mon père disait : « S'il avait avalé de la confiture, elle serait ressortie par la blessure » ; ma mère l'arrêtait en disant : ça suffit pour les détails, nous sommes à table !

Ce devait être à l'époque de l'exode, des civils fuyaient vers le sud.

Au fur et à mesure que l'état du blessé s'améliorait, je crois qu'ils discutaient amicalement lors des soins, et mon père appréciait son intelligence. Une sorte de relation amicale s'est établie, semble-t-il, si bien que lors de son départ, Jean Moulin a fait un discours et, entre autres, a remercié le docteur Roger Viette, je crois même qu'il a dit : « son ami, le docteur Viette ».

C'est là que les ennuis ont commencé pour mes parents. Je crois qu'on a essayé de coincer mon père pour des malversations, ou prétendre qu'il s'appropriait du matériel. J'écris sur un vieux sous-main en similicuir : à l'intérieur, je lis de la main de mon père : « Le buvard appartient personnellement au docteur Viette ». Je suppose que cela date de cette époque.

Ma mère m'a raconté qu'un jour, les Allemands étaient venus poser des questions à mon père (je ne parle pas d'interrogatoire...). À un moment, elle a fait signe à mon père de dire « Non », mais un Allemand l'a vue dans une glace, et aussitôt lui a demandé : « Pourquoi non, Madame ? ». C'en est resté là jusqu'au jour où mon père a été limogé.

Il est resté un an au chômage (sans indemnités !), et ils ont vécu sur leurs économies, puis il a retrouvé du travail dans les usines de biscuits et conserves (Lu et Amieux) à Nantes. C'était le début de la médecine du travail.

Après la guerre, il a été réintégré dans l'administration comme directeur de la santé à Orléans (on dirait DDASS maintenant).

Mon frère (qui s'était engagé dans les FFI de la région nantaise à la fin de ses études de médecine) m'a dit qu'après la guerre, un monument à la mémoire de Jean Moulin avait été élevé à Chartres, et lors de l'inauguration, sa sœur aurait dit : « Quand même, le docteur Viette aurait dû être là ».

Je pense que mes parents n'ont pas voulu se lier aux amis de Jean Moulin pour des raisons politiques. Il était communiste et mes parents étaient résolument hostiles au communisme. C'est ce que je suppose. En outre, mes parents n'étaient pas du genre à se vanter ou à se raconter, et je tiens à respecter cette réserve.

J'ai vu la carte du mouvement Libé-Nord au nom de ma mère, mais je ne sais pas ce qu'elle est devenue. Je crois qu'en Touraine, où nous avons passé un moment pendant la guerre, elle a fait le passeur. Pendant des années, après la guerre, je recevais chaque année un cadeau et l'on me faisait remercier. Il me semble que le patronyme des gens que je remerciais était de consonance juive. Mais on ne m'a jamais expliqué qui me l'envoyait et pourquoi. Ces envois ont cessé quand j'avais onze ans environ. Le dernier envoi était un col de fourrure et j'avais dit à mes parents que je n'aimais

41

pas cela et que je ne le porterais pas. J'ai pris un sacré savon et comme les autres années, j'ai dû remercier en disant que c'était très joli et que j'étais très contente ! Une année, j'avais beaucoup aimé une très belle série de mini-casseroles en cuivre pour la dînette.

J'ai des souvenirs de la guerre, souvenirs d'enfants, mais c'est une autre histoire. »

Ma grand-mère, Louise Viette, m'avait elle-même raconté cette autre anecdote : elle transportait régulièrement des armes pour la Résistance dans son panier de ménagère ; un jour, elle fut arrêtée par les soldats allemands alors qu'elle traversait un pont ; mais par chance, sur sa bonne mine, elle ne fut pas fouillée et put continuer son chemin ; elle me confia que ce fut l'une des plus grandes frayeurs de sa vie.

Dans la mesure où j'écris aussi ce livre pour mes enfants, il me semble important d'évoquer ces souvenirs familiaux. Comme mon enfance dans le Gers, à Auch et à Brugnens, où je fus heureux et grâce à qui j'ai pu me constituer presque artificiellement une mémoire enfantine alors que j'aurais dû naître à Bône, aujourd'hui Annaba, en Algérie, que mon grand-père, instituteur et militant SFIO, avait dû quitter précipitamment sous la menace de l'OAS ; d'où ma naissance à Paris, pour que mon grand-père pût obtenir un motif administratif valable afin d'être autorisé à embarquer sur le bateau avec les quelques biens que ma grand-mère et lui avaient réussi à sauver du désastre. Comme à de nombreux fonctionnaires éducatifs de l'État français, les Algériens lui avaient proposé de rester là-bas après l'indépendance pour les aider à reconstruire leur pays ; mais il avait préféré rentrer en France, une page était définitivement tournée.

C'est ainsi qu'il me manque un morceau du puzzle. J'avais également de la famille à Alger la blanche. Ils travaillaient eux dans les chemins de fer, j'ai toujours quelques livres et cartes postales sur l'Algérie, c'est tout, cela ne signifie pas davantage pour moi, si ce n'est de la sympathie pour les Algériens que je peux rencontrer à Toulouse et de solides amitiés pieds noirs entretenues longtemps après tous ces événements terribles pour ceux qui les ont vécus.

Tout cela, plus la carrière de mon père dans la haute administration, fit de moi un Gersois ; je ne le regrette pas. J'aurais pu aussi vivre en Corse, pays de ma grand-mère dont elle m'a communiqué un amour indéfectible ; j'y ai naturellement séjourné, tant à Ajaccio que dans son petit village de montagne, Venaco, et où je fus particulièrement bien reçu. Mais un homme ne peut pas être partout et ma vie, ce fut la Gascogne ; sentimentalement, comme je l'ai déjà écrit dans cette autobiographie, une seule femme a véritablement compté pour moi, elle s'appelle Emmanuelle et je l'ai connue, il y a bien longtemps, dans la belle ville gersoise de Lectoure. Outre que je trouvais Emmanuelle merveilleusement belle et que je l'aimais profondément, absolument, nous avions instinctivement senti des points communs très forts qui avaient rendu notre histoire d'amour particulièrement partagée et totale. Trente ans plus tard, je regrette d'autant plus d'avoir perdu Emmanuelle ; il me reste Lectoure, ce qui est déjà beaucoup.

Malgré ce que j'avais enduré pendant mon service militaire, je n'étais absolument pas devenu antimilitariste et j'avais même plusieurs amis militaires ; d'abord, je n'avais pas cet esprit, même si je suis loin d'entre quelqu'un qui sait marcher au pas. Mon tempérament est beaucoup trop littéraire pour cela. D'ailleurs, pendant mon service militaire en Allemagne, j'avais soigneusement évité de dire que j'étais un écrivain alors que l'un de mes condisciples avait eu l'imprudence d'évoquer ses études de philosophie, ce qui en fit une victime désignée des brimades du corps d'encadrement, à mon grand dam ; ces sous-officiers de l'Armée de Terre étaient vraiment les représentants de la bêtise humaine. Dans mon Régiment d'Artillerie se trouvaient beaucoup d'appelés alsaciens, ce qui était logique en raison de la proximité géographique ; c'était au premier abord des gens très réservés, mais au bout du compte sympathiques ; ils rentraient chez eux le week-end, contrairement à moi qui me trouvais trop loin de Paris ou du Gers ; et le dimanche soir, ils rapportaient de leur domicile des victuailles qu'ils partageaient avec ceux qui n'avaient pas eu la chance de pouvoir quitter la caserne.

Je ne suis pas devenu antimilitariste pour une autre raison, celle de mon choix délibéré de demander à aller en Allemagne, décision difficile car je pouvais obtenir mieux grâce à ma préparation militaire. Mais outre qu'il s'agissait pour moi d'attendre ainsi le retour d'Emmanuelle et que la France sans elle me paraissait insupportable, je voulais aussi, symboliquement, faire partie de l'Armée française en Allemagne, dans le cadre de l'occupation décidée avec les Anglais, les Américains et les Russes après la Seconde Guerre mondiale, afin de perpétuer la mémoire des victimes de la barbarie nazie. Et malgré les sept semaines d'hôpital militaire, les conditions de vie et de soins particulièrement rudes, ce que j'avais vécu là-bas me paraissait logique et très en deçà de la souffrance des gens qui avaient été déportés dans les camps d'extermination nazis. Oui, ce choix initial et ces pensées m'avaient aidé à supporter cette période infernale, même si j'avais vu la mort de très près. Et puis, il y avait l'espoir, malgré tout, de retrouver Emmanuelle à mon retour d'Allemagne, même si je n'avais pas de nouvelles d'elle, même si je la savais dans un autre univers, la vie américaine, moderne, dynamique et intéressante, pendant que moi je participais modestement aux règlements des comptes de la vieille Europe. Je ne suis donc pas un ancien combattant, je suis un écrivain qui a adopté une attitude philosophique. Je l'ai payé très cher. Tout se mérite.

À la une du journal *Le Monde*, les obsèques à Paris du cardinal Lustiger. Pour une fois que je trouvais un homme d'Église intéressant... Je suis paisiblement anticlérical et athée, mes amis aussi, ou bien agnostiques, ou bien protestants, juifs, musulmans, catholiques, ou bien francs-maçons, mais tous laïcs et tolérants. La seule religion qui m'a intéressé d'un point de vue philosophique est le Judaïsme, en raison de sa réflexion très poussée sur l'humanisme. Six mille années pour essayer de comprendre ce qu'est le genre humain, je respecte cela. Le journal cite le cardinal Lustiger, des mots prononcés en 1996 : « La laïcité à la française demande de reconnaître et de respecter tout citoyen, l'héritage dont il est chargé. La singularité de la France est de mettre son pouvoir unificateur au service de la liberté. L'intégration permet d'accéder à la citoyenneté, donne part au patrimoine commun que personne ne peut accaparer, oblige au respect des droits des concitoyens et de leurs diversités. Un tel idéal est extraordinairement fragile ».

Je ne suis pas un païen au sens druides dans la forêt et communication avec les forces de la nature. Épicurien je suis, la morale et les dogmes religieux me font bâiller, la morale étriquée du bien et du mal m'ennuient et j'aime lire la philosophie de Nietzsche (découvert grâce à un professeur parisien dont je ne partageais pas les arrière-pensées trotskistes), ce qui n'exclut pas de ma part, tant s'en faut, un engagement humaniste. La franc-maçonnerie, la politique sont pour cela des outils remarquables et passionnants. La franc-maçonnerie, que j'ai connue très jeune, a été pour moi une véritable école de vie à qui je rends hommage.

Et maintenant ? Je suis seul à attendre qu'une femme que j'ai passionnément aimée veuille bien me téléphoner. Situation inconfortable. Je n'ai qu'à m'en prendre à moi-même. Mon sort dépend d'une femme dont je pense, à tort ou à raison, qu'elle a été très amoureuse de moi autrefois. Drôle de jeu, roulette russe sentimentale. Je viens de recevoir trois appels téléphoniques, aucun n'était d'Emmanuelle ; pourquoi ?

Je sais bien que tout a une fin mais j'ai depuis si longtemps la conviction intime que notre histoire n'est pas terminée. À cause des circonstances brutales qui ont détruit cette idylle et qui n'ont laissé que des regrets ? Ou parce que quelque chose doit encore arriver entre nous ? Tu connais la réponse autant que moi. Ce qui me manque le plus dans l'immédiat, c'est ta voix, pouvoir te parler, et puis tes yeux, te regarder dans les yeux, que je n'ai pas oubliés. Peut-être que mes illusions se moquent de moi et si tu ne m'as pas encore appelé, c'est que, vraiment, tu n'en as rien à faire de tout ce que je t'écris, tu n'as que faire de mon sentiment amoureux. Ma déclaration d'amour te fait sourire puis t'indiffère, tu as tellement de choses à faire dans ta vie actuelle.

Alors je resterai seul à Lectoure, manipulé par un mirage. Nos retrouvailles manquées n'auront été que trois rebonds d'un caillou sur l'eau de la rivière puis la pierre ronde s'enfoncera dans la profondeur aquatique, doucement, en tournant un peu sur elle-même et elle sera vite oubliée, la surface de l'eau redeviendra lisse, il ne se sera rien passé. Tu ne seras pas dérangée.

J'avais beaucoup aimé le lycée Henri IV à Paris, ma sœur aussi d'ailleurs. J'ai eu la chance d'y effectuer trois années d'études, de la première à hypokhâgne et j'ai vraiment beaucoup appris grâce à cet environnement éducatif et aux professeurs dont j'ai suivi les cours. L'ambiance y était fort studieuse, nous travaillions beaucoup, mais ce n'était pas inutile même si des raisons familiales ne m'ont pas permis de réussir ce que j'aurais voulu, c'est-à-dire l'entrée à l'École Normale Supérieure, comme mon père. C'était vraiment une forme d'esprit et de savoir particulièrement brillante et intéressante, valable tout au long d'une existence. Cet hiver, je me suis d'ailleurs promené avec une amie dans la rue Mouffetard et c'est avec beaucoup d'émotion, comme, je suppose, les milliers d'élèves qui sont passés par Henri IV, que je suis entré à nouveau dans l'enceinte du lycée et ai traversé les trois cours où j'avais déambulé comme élève. Fait amusant, grâce à Internet, j'ai revu cette année une autre amie, qui avait été à hypokhâgne avec moi ; elle a de la famille dans le Gers où elle se rend chaque année pendant l'été. Nos retrouvailles furent très amicales et même affectueuses ; bien entendu, déformés par notre formation, nous avons décidé d'écrire ensemble un livre dans les prochains mois. Une autre amie gersoise a répondu très tôt ce matin, immédiatement, à mon SMS. Je ne suis pas un homme seul, c'est bien. Ce qui m'inquiète, c'est mon absence totale d'émotions sentimentales devant ces jeunes femmes charmantes et sympathiques. Je n'ai qu'Emmanuelle en tête, comme si cette injustice fondamentale et traumatisante avait pris toute la place. Que dois-je faire ?

Je ne sais pas, je ne sais plus. Ta présence m'est indispensable, te revoir et te retrouver sont les seuls objectifs valables que je me donne maintenant, impérieuse nécessité dont je ne peux pas discuter. Mais comme une histoire d'amour se construit à deux et que j'ai pour toi un infini respect, je ne peux pas faire plus que d'attendre ton envie et ta décision. C'est une situation extrêmement dure à vivre pour moi, mais c'est ainsi, épreuve incontournable que tu m'infliges en réponse à ma demande que tu trouves peut-être incongrue et déstabilisante. Mon histoire inéluctable se bâtit à coups de « peut-être », mais je n'ai pas le choix puisque je ne suis pas seul dans cette aventure, je la partage avec toi. L'espoir fait vivre et tout ce que je puis maintenant espérer, c'est que renaisse en toi l'amour que tu as déjà éprouvé à mon égard. Je te demande trop ? Je sollicite l'impossible ? Réponds-moi, s'il te plaît.

Je me suis promené hier soir avec un ami d'enfance, un agriculteur gersois. Nous avons devisé et bu un verre au café du Bastion. De ma place, je pouvais admirer le magnifique panorama qui, du haut de Lectoure, permet de contempler le paysage de la Gascogne et d'où il est parfois possible de voir, à l'horizon, les Pyrénées, signe annonciateur de pluie. Nous avons parlé de toi, entre autres sujets. Il pense en ce qui te concerne que tu dois réfléchir ; tu n'as plus vingt ans, l'aspect matériel de l'existence a davantage d'importance à ce stade de la vie, une femme de cinquante ans ne s'engage pas à la légère, etc. Il est persuadé que nous vieillirons ensemble, toi et moi, il suffit d'attendre. Ce que j'ai déjà commencé à faire. Je ne peux pas forcer ta porte. Je ne peux pas faire davantage que cette déclaration d'amour, en espérant qu'elle touchera ton cœur. Il suffit maintenant que tu te décides à bouger.

J'ai tellement de choses à te dire. Ce matin, petit malheur de ma vie quotidienne actuelle, je n'ai plus de café. Je vais donc partir à l'aventure dans les rues lectouroises, à la recherche de caféine, or il faut savoir que nous sommes dimanche, tous les commerçants ne sont pas ouverts. Ces derniers ont organisé une tombola commerciale, j'ai rempli mon bulletin et je le mettrai dans l'une des urnes placées en ville. Peut-être que je gagnerai un lot, qui sait ? Voilà pour le début de ma nouvelle journée de cet été gascon, bonheur simple et solitaire qui, pour être parfait, n'a besoin que d'un seul élément : ta présence. Nous nous promènerons ensemble dans les rues de Lectoure et cette balade sera le point de départ de notre nouvelle liaison tumultueuse et apaisée. Mendelssohn ou Woody Allen ? Pour l'instant, tout ceci n'est qu'un songe estival, un été sans amour et sans sexe, une abstraction spirituelle, l'expression désespérée d'un sentiment d'amour élevé, une protestation dérisoire face à une injustice de l'existence, la foi dans l'amour, l'espérance en toi, Emmanuelle. Et si ta réapparition se fonde sur un élan charitable à mon égard, tu sais au fond de toi qu'il se passe toujours quelque chose entre nous, que ce lien n'a jamais cessé et que le fatum dresse le décor de notre union sans admettre la moindre entrave. Je n'ai pas besoin de philtre pour être à nouveau aimé de toi, il m'a suffi de retrouver le chemin de Lectoure et d'attendre là l'évidence. Notre union est sacrée et éternelle.

Le mois dernier, un ami toulousain, le peintre Pierre Lachkar, m'a affirmé que l'amour n'existait pas. Je comprends ce qu'il a voulu me dire mais je ne suis pas d'accord avec lui. J'ai aimé et j'ai été aimé, mais plus que les différents virages de la vie, j'ai surtout vu mon existence affective bouleversée par cette histoire d'amour avec Emmanuelle. Elle ne fut pas qu'un leurre, un désir inassouvi, un fantasme, un rêve, une envie capricieuse, une roue de secours, une porte de sortie, une bouée de sauvetage, une main tendue, un parachute, une solution, une étape, un souvenir, une liaison inachevée, elle représenta tout pour moi du point de vue sentimental. Cela fait trente ans que je ressens la même émotion en écoutant l'air de piano sur lequel elle dansait à Lectoure. Je sais bien que ce n'est pas raisonnable, mais c'est le sens de ma vie.

Une mélodie de jazz pour un amour indestructible et inéluctable. Comprenne qui voudra et advienne ce que pourra. De toute façon, la seule chose qui m'importe vraiment est de convaincre Emmanuelle de m'appeler, de me revoir et de recommencer à m'aimer. Tout le reste n'est que de la littérature, ce qui est certes très important à mes yeux, mais ne peut évidemment pas remplacer la douceur de ta présence à mes côtés.

Comme le chantent si bien les Beatles : *the fool on the hill is still waiting for you*. Juché sur ma belle colline lectouroise, je pars m'acheter du café et j'en trouve, du corsé. Je discute à la terrasse d'un bar avec quelques Lectourois aussi matinaux que moi, je lis *La Dépêche du Midi* et *Sud-Ouest*, en particulier un article sur les chats, qui retombent toujours sur leurs pattes. Je vois passer quelques jolies femmes mais aucune ne te ressemble. J'ai beau dire, j'ai beau faire, j'ai beau écrire, il n'y a que toi qui comptes. J'ai même entré ce fameux air de piano qui me fait songer à toi dans la mémoire de mon téléphone portable français fabriqué en Chine. Ainsi tu es toujours avec moi, je peux t'écouter quand je veux, je m'auto-manipule d'une façon complexe et permanente, j'ai créé ma bulle dans laquelle il n'y a que toi et moi. Fais-en ce que tu veux, mais c'est ainsi, je te dis la vérité. Ton amoureux est à Lectoure.

Auto manipulation ou manipulation ? Je ne suis pas le Vladimir Volkov des services secrets français. Il faudra un jour que je rédige aussi mes mémoires professionnelles, lorsque je serai à la retraite, dans de nombreuses années. Encore qu'il n'y a rien de vraiment exceptionnel à raconter, du moins à mes yeux comme à tous ceux qui ont exercé ou exercent la même profession que moi. La Police est une grande famille, j'ai eu du mal à m'y adapter au début, toujours à cause de la littérature qui est un esprit bien différent de ce métier ; puis j'y ai rencontré des gens vraiment sympathiques et humains, quelques fieffés salauds aussi, mais il s'en trouve partout. Dans l'ensemble, le bilan est largement positif et le ministère de l'Intérieur est mon univers familier et familial. Le travail compte beaucoup dans mon existence, peut-être trop, ce qui m'a usé ; mais je trouve cela intéressant.

Pour l'heure, je suis en vacances et j'écris ma déclaration d'amour à la femme de ma vie. Mon téléphone me nargue. Quand m'appelleras-tu, Emmanuelle ? Ce serait bien que tu le fasses aujourd'hui. Là je tire sur la corde, équilibriste sur le fil de ma mémoire, je t'attends et je ne peux rien faire d'autre ; à moins que je ne te voie apparaître à l'embrasure de ma fenêtre, souriante au regard tendre, intriguée puis convaincue par ce retour inopiné et pourtant si prévisible de ton amant.

Love, Love me do, you know I love you... J'ai toujours apprécié le rock et la pop music anglaise, j'étais un fan des Beatles, d'ailleurs je suis allé plusieurs fois en Angleterre, à Londres et à Liverpool ; les Rolling Stones aussi, et Pink Floyd, et tant d'autres. Je ne sais pas pourquoi je suis si triste aujourd'hui. Une jeune femme au sommet d'une montagne, cette image ne quitte pas mon esprit... Si Heine était venu jusqu'à Lectoure et comme moi ce matin avait marché jusqu'à la place des Marronniers, quel poème aurait-il écrit ? J'ai choisi pour ma part l'option d'une autobiographie rapide et alerte. Je regarde la piscine municipale puis, plus haut, le paysage de la Gascogne. J'aperçois au loin Fleurance où, jeune, je fis tant la fête avec mes amis. Auch, Fleurance, destinations de nos soirées conviviales, que des bons souvenirs. Par mon implication et mes travaux à la Société Archéologique et Historique du Gers, je connais en fait tout le Gers par cœur. Du *Festival de Jazz* à Marciac où je me suis encore rendu cette année avec des amis toulousains et où je passai une soirée musicale de très grande qualité, au *Festival de Country* de Mirande où je parlai longuement littérature avec mon amie d'hypokhâgne, en passant par le *Festival Tempo Latino* de Vic Fezensac, le *Salon du Livre ésotérique* de Condom, le *Festival classique des Nuits Musicales* en Armagnac (Condom, Flaran, Lectoure et Terraube), auquel participèrent mes amis musiciens de Toulouse, et puis tous ces villages où je suis passé ou dont j'ai lu au moins une fois l'histoire, les puits, sources, lavoirs, fontaines, cadrans solaires et lunaires du Gers, je n'ai cessé d'écrire et de vivre mon affection pour ce département. Alors, pourquoi Lectoure, finalement ? Parce que c'est une très jolie ville et parce que c'est là que j'espère te retrouver, évidemment.

Place des Marronniers, je repense aussi à Babyblue, que j'ai véritablement adorée. Famille juive d'origine tunisienne, installée à Paris depuis fort longtemps, très sympathique et chaleureuse où j'ai été reçu comme un gendre, un frère et un fils ; j'ai vraiment essayé d'installer Sarah à Toulouse après notre retour d'Israël, en vain. Notre passion s'est essoufflée au bout de deux années tourbillonnantes. Pas de travail pour elle, en plus déracinée de sa vie parisienne, loin de sa famille, c'était au-dessus de nos forces. Une très belle histoire d'amour, qui s'est terminée pour moi par un aller-retour à Paris en voiture dans la journée pour la raccompagner car nous étions littéralement épuisés de nous aimer. Notre relation était si forte que Sarah est ensuite revenue à Toulouse peu de temps après, mais en m'interdisant de la revoir, pour nous laisser le temps d'oublier, un peu, la puissance de notre relation amoureuse. Puis, un jour, elle m'a annoncé au téléphone qu'elle repartait définitivement. C'était, certainement, la meilleure solution pour elle comme pour moi, même si j'en fus anéanti pendant les deux ans qui s'ensuivirent.

J'ai consacré les années ultérieures à des mariages et des enfants, les mariages furent des échecs, il ne pouvait en entre autrement si je réfléchis bien à ce qui m'était arrivé avant. Par contre je suis, comme tous les pères, je pense, très heureux et fier de mes trois enfants. Je les aime énormément.

Emmanuelle, que dois-je faire maintenant ? T'attendre, bien sûr, car tu vas forcément venir jusqu'à moi. Un orage éclate sur Lectoure ; un petit orage, mais tout de même, pluie battante, tonnerre, nuages... Je repense à toi à l'abri de ton grand parapluie, en train de faire le clown sous l'averse avec l'une de tes amies. J'ai gardé cette photographie quelque part, car tu étais extraordinairement belle et charmante.

Le petit orage est passé, je suis toujours en train de t'attendre. Où es-tu ? Dans la région lointaine où tu travailles, dans les Pyrénées, ou bien ici, tout près de chez moi ? Pourquoi ne viens-tu pas me voir alors que j'ai besoin de toi ? Qu'attends-tu ? Tu ne crois pas que nous avons déjà perdu trop de temps ?

Puisque tu te complais encore ce soir dans le rôle de fantôme du passé, je vais énumérer demain, grâce à ce dictionnaire des rues opportunément apparu, tous les fantômes de Lectoure. Ensuite, comme je suis, moi, un grand magicien, je te donnerai vie à nouveau, tu apparaîtras d'un coup de baguette magique et tu seras à nouveau la fée véritable que j'ai toujours aimée. Inéluctable, t'avais-je dit ; mon vieux dictionnaire à moi, Librairie Larousse, Paris VIe, 1957, symbole d'un monde en cours de disparition, me donne cette définition du mot inéluctable : « qui ne peut être évité, empêché. Synonymes : inévitable, insurmontable. Vient du latin *eluctari*, surmonter en luttant ». Que penses-tu de cette définition pour notre histoire d'amour ? Tu vois, je vise juste, je sais trouver les mots qui conviennent, je suis un vrai écrivain. Il est inutile d'écrire des livres, ils n'ont pas plus d'importance que les petits cailloux qui jonchent le sol de la promenade du Bastion où nous nous sommes si souvent embrassés autrefois, près du kiosque à musique. Ce n'est pas ce livre qui me rendra ton amour, j'en suis parfaitement conscient. Il faut bien davantage pour séduire la belle Emmanuelle ; mais sois certaine que mon émotion fut grande de partir ainsi à l'aventure dans ces pages blanches, dans lesquelles j'ai cherché avec bonheur ton visage, ton sourire, ton regard, ta présence. *Lectoure, eluctari*, Emmanuelle éternelle, une chanson triste pour un soir de pluie.

Voilà, je suis à la rue, j'ai lancé un appel au secours à mon amour qui n'a pas encore répondu. Demain je m'occuperai des rues de Lectoure et ce soir, j'écoute du jazz parce qu'une journée de la vie d'un homme ne peut pas être exclusivement consacrée à attendre une femme. Même s'il s'agit de toi, Emmanuelle.

Pourtant, j'ai rêvé de toi, cette nuit, beaucoup et longtemps. C'est peut-être uniquement ce que tu peux m'offrir, être mon rêve. Je doute que cela suffise à me rendre heureux mais nous étions véritablement ensemble alors que Lectoure dormait.

Comme promis, je pars ce matin à la découverte des rues de la ville, divisée jusqu'à la Révolution Française en six grands quartiers : Corhaut, Marès, Reilhas, Constantin, Guilhem-Bertrand et Fondélie. Le plan des rues de Lectoure est simple : une grande Traverse, celle où je déambule quotidiennement pour aller prendre un café et attendre de t'apercevoir, nommée au gré de l'histoire de France Grande Rue, rue Royale, rue Impériale, rue de la République, rue de la IVe République, rue Nationale (son nom actuel) ; les ruelles parallèles sont dites rues Jusanne, les rues perpendiculaires prirent le nom de leur quartier, sans avoir parfois d'autre dénomination plus précise.

Si je suis le cours du temps, je trouve l'Antiquité avec la rue Diane, celle de la Fontaine Élie ; le Moyen Âge avec les rues des Capucins, Sainte Claire (et le chemin de Saint Clair), Saint Esprit, Saint Gervais, les Comtes d'Armagnac ; l'impasse de la Croix-Rouge, peut-être la trace d'une présence templière ; la Renaissance avec Barton, Baulac, Claude Ydron et Pey de Garros ; l'Ancien Régime avec Montmorency et Narbonne-Pelet ; l'histoire contemporaine avec Montebello, Albert Descamps, Jules de Sardac, l'abbé Tournier, Boué de Lapeyrère, Joseph Lagrange, le général Mangin, l'écrivain Jean-François Bladé, le cours Gambetta (qui s'appela successivement Danzas, Patte d'Oie, Jacobins), le vice-amiral Dupouy, Jacques Subervie, Jérôme Soulès, la famille Boutan, illustre famille lectouroise qui suit sur la plaque de sa rue la mention La Feugère (la fougère), la rue du Quatorze Juillet (ancienne rue des Carmes), le socialiste tarnais Jean Jaurès, la place du Général de Gaulle, qui succéda à Saint Gervais, l'Hôtel de Ville, et... Pétain, des

Résistants assassinés par la Gestapo, les frères Paul et Marcel Danzas, à l'âge de quarante ans, René Antichan, à l'âge de vingt-neuf ans, et Daniel Séguin à l'âge de vingt-huit ans.

La Seconde Guerre mondiale a également laissé comme trace mémorielle l'avenue de la Ville de Saint-Louis, en raison des liens avec cette ville et de ses habitants évacués à Lectoure ; la place du 19 mars Cessez le feu en Algérie et la place de l'Europe ; curieusement, le plus important personnage historique de Lectoure, le maréchal Lannes, n'a pas encore droit à sa plaque de rue en tant que tel ; Jean Lannes, ce héros lectourois remarqué par Bonaparte, mort à Vienne et enterré au Panthéon, possède sa statue, promenade du Bastion, et avait installé sa jeune femme dans sa maison natale, rue de Montebello ; il logea ensuite à l'orangerie de l'ancien évêché. La ville signale également d'anciens bâtiments utilitaires, comme la rue du Guichet (l'entrée de l'octroi de Lectoure), la Halle aux Grains, la rue Crabère (mot gascon pour les chèvres), les rues Marès (métiers du bois), Matabiau (dite également des Boucheries), Fontélie (le lieu des sources et fontaines) ou des éléments défensifs comme la rue Barbacane, ancienne entrée principale de Lectoure, la Tour du Bourreau, la rue et la place des Remparts, la place d'Armes, la rue des Vieilles Écoles (autrefois rue Uranie, muse de l'astronomie des Grecs), la place du Bastion, esplanade demi-lune aménagée au XVIIIe siècle qui contemple les Pyrénées de même que le boulevard du Midi anciennement rue du perroquet... Les Pyrénées ont, bien entendu, leur propre rue, qui s'appelait autrefois rue Molière.

En quelques mots, grâce à ce petit dictionnaire du « Gasconteur », j'ai pu dresser le portrait du passé de Lectoure. Cela me suffit ici pour cette autobiographie qui t'est dédiée, puisque j'ai commencé un autre livre exclusivement consacré à l'histoire de notre ville commune. J'ai tenu ma promesse. Et ces quelques lignes me permettront de faire cent livres.

Ce matin, j'ai reçu quelques appels téléphoniques de Toulouse, ces marques d'amitié me touchent. Cela fait dix jours que je suis à Lectoure. Le temps passe très vite, malgré l'attente du signe salvateur d'Emmanuelle. Toulouse est une ville que j'aime beaucoup, où j'ai rencontré une foule de monde, le plus souvent des personnes intéressantes et sympathiques, et où j'ai pu réaliser quantité de projets passionnants. Je n'ai pas le même attachement à la Ville Rose qu'à la Gascogne mais j'ai toujours un immense plaisir à regagner Toulouse. C'est une très grande ville, particulièrement dynamique et moderne et, de toutes les cités françaises importantes que je connaisse, elle est sans conteste ma préférée. Les gens n'ont pas du tout la même mentalité que dans le Gers, il faut savoir choisir ses connaissances et ses circuits ; mais dans l'ensemble, Toulouse est une ville absolument extraordinaire et par sa tradition d'ouverture d'esprit et de tolérance, sa façon de savoir accueillir les exilés, par exemple les réfugiés républicains espagnols qui avaient dû fuir la dictature fasciste espagnole, cette ville est profondément attachante. Je n'ai jamais osé me prétendre toulousain. J'ai peut-être tort car, ailleurs, on me considère souvent comme tel ; j'ai planté mes racines dans le Gers ; en outre, je n'ai pas l'impression, malgré tout ce que j'ai déjà pu faire, d'avoir donné assez pour mériter réellement ce qualificatif de Toulousain qui, lorsqu'on connaît bien la ville et ses habitants, n'est pas un vain mot mais un drapeau fièrement exhibé.

Hélas, je n'ai toujours pas d'appel de toi et ton hésitation me pèse de plus en plus. Or, pour l'instant, je ne peux pas faire davantage, j'ai jeté toutes mes forces dans la bataille, la suite de l'histoire dépend exclusivement de toi. Je ne peux maintenant qu'écouter du jazz, m'occuper de la maison, écrire, me promener, aller voir des amis, mais l'essentiel repose entre tes mains.

Peut-être que je te demande trop ; je me penche à la fenêtre de ma maison pour te voir arriver, souriante et joyeuse, puis je tourne la tête et lève les yeux ; j'aperçois alors dans le ciel bleu une montgolfière : « Première machine volante de l'histoire, elle vous fera vivre un pur moment de détente en toute sérénité bénéficiant d'un contact privilégié avec la nature environnante. Au gré des vents, vous découvrirez les merveilles du terroir gascon en toute sécurité avec un matériel agréé et un pilote instructeur breveté. Nous avons plusieurs terrains de décollage en Gascogne. Des sensations uniques pour des souvenirs inoubliables ! ». Voilà ce que raconte le prospectus de Montgolfières de Gascogne (www.montgolfieres-gascogne.fr), dont le siège est à Lectoure, ce qui me fait plaisir ; le prospectus présente le même texte, mais en anglais, pour les touristes internationaux. Je ne sais pas si tu aimerais faire un tour en montgolfière.

Dans huit jours, les entraînements de mon équipe de rugby vont reprendre. Entendons-nous bien : je n'ai jamais véritablement eu le physique d'un joueur de rugby et de toute façon, je n'ai plus l'âge de jouer, sauf de temps en temps dans une équipe de vétérans. Hormis des passages dans l'équipe locale que nous avions montée à Brugnens, celle de l'École des Officiers de la Police Nationale et celles du Pont des Demoiselles à Toulouse, et des Vétérans, Club des amis de Midi-Pyrénées, toujours à Toulouse, je n'ai jamais vraiment eu l'occasion de jouer durablement. Mais j'ai toujours aimé ce sport et l'excellente mentalité qui y règne, les valeurs de solidarité et de fraternité qui en découlent. Pour aider au redémarrage de l'équipe de Ramonville Saint Agne, près de Toulouse, je viens d'exercer pendant une année la fonction de soigneur. C'était une bonne expérience, vraiment sympathique, d'autant plus que, par ce rôle, je restais proche des joueurs et du terrain. Cela m'a également permis de découvrir plusieurs équipes et stades de la région Midi-Pyrénées, à l'occasion de nos déplacements en Ariège, dans le Tarn-et-Garonne et la Haute-Garonne. L'un de mes meilleurs souvenirs rugbystiques est ma participation à un tournoi international de Vétérans du Rugby, à Toulouse, les *Golden Oldies*, avec défilé en maillot dans les rues de la ville, grande fête à la Prairie des Filtres et bien entendu matches contre des équipes de diverses nationalités ; pour ma part, j'avais joué contre (ou avec) des Japonais puis des Australiens, dont l'un d'eux, pilier comme moi, m'était rentré dedans un peu violemment, en s'excusant ensuite et sincèrement d'un « *Oh, I am sorry* » ; bien entendu, je lui avais pardonné, mais, dans l'impact, il m'avait tout de même cassé un doigt et une côte ! C'est le rugby.

À midi, j'ai mangé un melon offert par mes amis espagnols de Lectoure ; ils sont vraiment sympathiques et accueillants. Pendant mon séjour dans l'hôpital militaire en Allemagne, se nourrir était plus complexe, surtout au début lorsque j'étais extrêmement affaibli. Heureusement, était arrivé dans notre chambrée hospitalière, on ne sait trop pourquoi ni comment, un joueur de rugby toulousain qui m'avait pris en amitié et qui, grâce à son physique imposant, arrivait à récupérer suffisamment de nourriture lorsque les plateaux collectifs de métal gris étaient lancés dans la pièce par le personnel de l'hôpital et qu'il fallait se précipiter pour pouvoir se sustenter ; puis le rugbyman toulousain dévorait sa part mais me faisait aussi manger la mienne car, souffrant, je devais rester alité.

Tout cela m'a rendu boulimique de l'existence mais également, comme je ne suis pas un ingrat, redevable envers le rugby. Par contre, toutes les conséquences individuelles et douloureuses de cette haine entre les Français et les Allemands n'ont pas pour autant fait de moi un ennemi de nos voisins d'outre-Rhin ; après tout, c'est moi qui avais fait ce choix de l'Allemagne et je devais assumer. Pendant mon service militaire, lorsque nous pouvions parfois sortir en ville, nous sentions certes la forte hostilité des passants allemands puisque nous représentions à leurs yeux une armée d'occupation ; nous avions ordre de ne jamais réagir aux provocations mais pour nous, ils étaient les descendants des nazis et notre présence sur leur sol était une punition légitime. Sans aller au-delà, j'ai discuté un jour avec une jeune Allemande qui m'a dit que sa génération en avait assez de payer pour la barbarie nazie ; de mon côté, je connaissais tant de gens qui avaient participé à la Résistance en France, pire encore des personnes, notamment juives, qui avaient perdu presque toute leur famille dans les camps d'extermination allemands et qui bien évidemment ne pouvaient pas oublier le malheur qu'elles avaient vécu. Je me suis grandement engagé dans des associations pour la mémoire de la Résistance et de la Shoah, parce que je pense qu'il est important de ne jamais oublier, mais je ne ressens aucune haine pour les Allemands d'aujourd'hui. J'apprécie même la culture allemande et je comprends d'autant moins la folie meurtrière qui a déchaîné la violence de ce peuple contre le reste du monde pendant la Seconde Guerre mondiale.

C'est une infirmière allemande qui m'a ramené à la vie, après ma première nuit dans un hôpital militaire français ; une très belle femme blonde en blouse blanche et au décolleté échancré, dont les seins magnifiques se trouvaient tout près de mon visage alors qu'elle arrangeait mon oreiller et ma perfusion. J'étais en train de dormir et de rêver à mon enterrement, la foule des proches qui se rendait à pied au cimetière de Brugnens, car j'entendais le son des cloches de l'église du village gascon ; en réalité, il s'agissait des cloches d'une église de Fribourg. Je me suis réveillé et j'ai ouvert les yeux sur cette infirmière allemande.

Je suis maintenant à Lectoure, seul mais en bonne santé, à attendre la fin de nos voyages. Je n'ai pas besoin d'infirmière ; par contre ce serait bien de te retrouver, Emmanuelle. Je voudrais d'abord te demander l'autorisation de parler de toi et de nous dans cette autobiographie que je souhaite publier, te demander ensuite de retomber amoureuse de moi et enfin d'accepter l'évidence : je n'ai jamais aimé que toi.

Pour moi, tomber amoureux de toi à l'âge de vingt ans ne fut donc pas voté par des boules noires et blanches, mais se termina par une boule de pus dans mon poumon gauche. Comme maintenant à Lectoure, trente ans après, je n'avais rien à faire d'autre qu'attendre que le temps passât et que la bulle éclatât. Sauf qu'à l'époque, je devais rester couché et qu'aujourd'hui je suis debout. Une nuit, la bulle de pus explosa enfin à l'intérieur de mon corps, ma douleur fut à ce point insupportable que je me mis à crier, réveillant mes copains de chambrée, en particulier le joueur de rugby toulousain qui, affolé, se mit à appeler les aides-soignants de garde nocturne. Finalement, l'un d'entre eux arriva mais, mis de mauvaise humeur d'avoir été réveillé, il refusa dans un premier temps de m'administrer une piqûre de calmants. Il fallut l'intervention vigoureuse et menaçante de mon ami joueur de rugby toulousain pour qu'une aiguille médicamenteuse s'enfonçât dans mon bras et soulageât ma douleur. Pourtant, le lendemain matin, je t'aimais encore.

Je ne te raconte pas tout cela pour t'apitoyer. Quelle importance trente ans après ? C'est simplement pour que tu saches la douleur d'où je viens, que mon amour pour toi possède une vraie valeur et que tu comprennes qui je suis, aujourd'hui. Ainsi, alors que j'attends maintenant de te revoir à Lectoure, je ne souffre plus, mon sentiment pour toi est désormais en noir et blanc, incongru et absolu, mon amour endurci et sincère. Ce que j'ai vécu ne me donne aucun droit sur toi et ta vie actuelle, juste l'envie de te dire que tu as été la femme de ma vie. Peux-tu accepter cette déclaration d'amour ? Les femmes aiment les vainqueurs aux voitures rutilantes, pas les soldats blessés à l'âge de vingt ans. Mais je lutte contre la brutalité de cette réalité, grâce à *Lectoure, eluctari*. Et toi, tu ne représentes pas toutes les femmes, tu n'incarnes pas l'idéal féminin, tu es tout simplement Emmanuelle, tu as été cette femme de vingt ans qui avait dit que tu m'aimais. Plongé dans ce tableau impressionniste de mon passé avec toi puis en ton absence, je n'ai évidemment pas imaginé ce que sera notre avenir. Je pense que ce sera ton rôle, ta contribution dans la reconstruction de notre histoire d'amour. Je te fais totalement confiance pour nous rendre heureux, je me repose sur toi et tu peux compter sur moi, mon enthousiasme, mon énergie, ma volonté, ma pugnacité, mon engagement, mon expérience, ma profondeur, mon humilité, ma tendresse.

Voilà, je t'ai presque tout dit, tu vois, ce n'est pas grand-chose, la vie d'un homme. Mes pas du soir m'ont conduit jusqu'au *café du Bastion*, quelques coups de téléphone par-ci par-là, dont certains pour parler de toi et s'étonner de ton silence. Demain je continuerai à construire ce château de sable. En espérant toujours que tu viendras à ma rencontre. Peut-être que tu as changé et que je n'aimerai pas l'Emmanuelle d'aujourd'hui. Demain, j'irai voir la Fontaine Diane. Jeune, j'avais plaisir à aller contempler ce monument simple et beau, et l'eau qui s'écoule de cette fontaine me fera peut-être réfléchir à ce que je dois faire maintenant. Avec ou sans toi. Ce soir, je respire la douceur de l'air lectourois, je scotche sur un côté de la bibliothèque de ma chambre une reproduction de l'affiche du film de Jean-Jacques Beinex, avec Béatrice Dalle et Jean-Luc Anglade ; « Que vous reste-t-il de *37°2 le matin*, un peu plus de vingt ans après sa parution ? » demande un journaliste du *Monde* à

Philippe Djian ; « Pas grand-chose... Je crois même que c'est celui de mes livres que j'aime le moins. J'ai l'impression qu'il n'est plus à moi... ». J'ai adoré ce livre, comme tous ceux de Djian, d'ailleurs. « Plus que la beauté de l'écriture, ce que je cherche dans un livre, c'est la voix, ajoute le romancier. En fait, à quoi s'amuse un écrivain tout au long de sa journée ? À mettre des personnes ensemble et à regarder comment ça se passe ».

Pour finaliser mon installation lectouroise, je n'ai plus que quelques cadres et tableaux à accrocher aux murs de ma maison. Je suis comme d'Artagnan, l'un de ces Cadets de Gascogne revenus au pays après avoir tant combattu et dont la petite fiancée reste momentanément introuvable. Elle ne m'a pas attendu pendant ces trente années d'aventures par monts et par vaux, la belle histoire. Demain il fera jour et le soleil sera là. Bonne nuit, Emmanuelle.

Ma maison lectouroise me rappelle celle de ma grand-mère corse, à Venaco. Un matin, j'étais parti d'Ajaccio en empruntant la voiture de l'un de mes cousins et j'avais roulé par les petites routes de la montagne corse pour arriver jusqu'au village familial. Arrivé là, je m'enquis auprès d'un passant de l'adresse exacte du domicile de ma grand-mère ; puis je sortis les clefs de ma poche et ouvris la porte de la petite maison, tout en hauteur et imbriquée dans les demeures limitrophes. Je traversai la maison et écartai en grand les deux battants de la fenêtre qui donnait sur le paysage somptueux, que je contemplai avec émotion. Tout à coup, j'entendis frapper à la porte d'entrée ; c'était l'un des villageois, qui s'inquiétait de savoir qui j'étais et ce que je faisais là ; je lui répondis que j'étais le petit-fils de ma grand-mère, il sourit et parut satisfait de cette réponse puis repartit en me saluant simplement. Je commençai à sortir mes affaires de ma valise, puisque j'avais décidé de rester quelques jours à Venaco, lorsque j'entendis à nouveau frapper à la porte d'entrée ; c'était le même villageois, qui venait m'inviter pour le soir même à une petite fête organisée en l'honneur de mon retour dans le village corse de ma grand-mère. Je n'ai jamais oublié cet accueil extraordinaire.

J'avais aussi été très bien reçu dans ma famille à Ajaccio. L'un de mes oncles m'offrait à boire un rude vin rosé du pays, qui avait le don de me plonger dans des siestes réparatrices et profondes. Tôt le matin, au soleil levant, je partais avec mon cousin dans son camion et nous longions la magnifique côte corse pour transporter des peaux de bêtes jusqu'à un petit port où un bateau venait les récupérer avant de les transporter en Italie ; ces peaux servaient ensuite à fabriquer du cuir pour des chaussures. Un jour, je voulus acheter un souvenir de l'Île et mon cousin m'envoya dans une boutique du cours Napoléon à Ajaccio ; j'y entrais et comme je ne parlais pas avec l'accent corse, le commerçant commença à me montrer divers bibelots pour touristes ; je précisai que je venais de la part de mon cousin ; il me fit alors entrer dans l'arrière-boutique et me tendit un superbe couteau corse, qu'il refusa de me faire payer. Je ne déboursais pas non plus un centime dans les boîtes de nuit ajacciennes, où des filles très belles dansaient sans relâche sur les tubes musicaux de l'été.

Toujours Lectoure au mois d'août. *She's so fine, she's in my mind...* Une jolie serveuse blonde m'a servi un café, j'ai lu le programme des *Nuits Musicales en Armagnac*, un concert de lieder de Franz Schubert le 23 septembre dans l'église du Saint-Esprit de Lectoure. Je m'y rendrai. Il faut aussi que je visite les musées de la ville, ils sont intéressants. J'ai dîné avec un couple d'amis dans l'un des excellents restaurants lectourois. Mais toujours pas de brune Emmanuelle, c'est triste. Je collectionne les prospectus touristiques, les expositions de l'Été photographique de Lectoure, l'atelier de peinture au couteau ! en pleins champs, le festival pyrotechnique et la fête des vendanges, le bleu Pastel de Lectoure à l'usage des artistes et de l'industrie ; le bleu est ma couleur préférée, raison de plus pour bien vivre à Lectoure.

En compagnie de deux vieux amis, je déambule au marché de nuit organisé par les commerçants de la ville. J'invite une jolie femme blonde à prendre un verre, mais elle est trop pressée : elle a prévu de se rendre au cinéma et la séance commence. Par contre, une belle Espagnole en vacances à Lectoure accepte de m'accompagner à un spectacle théâtral, le lendemain soir. Avec mes copains, nous finissons la soirée à la terrasse d'un café, j'invite la serveuse à faire la fête après son travail.

In vino veritas ? J'offre à mes amis un verre d'Armagnac. Le Gers est aussi une terre viticole. J'aime également le vin rosé, il paraît que c'est à la mode ; je lis dans *Le Monde* que « le retour en grâce du rosé est aussi un retour aux origines. En Égypte, en Grèce ou à Rome, la vinification est exempte de macération. Les raisins sont foulés et pressés directement. C'est le *vinum clarum*, ancêtre du clairet et de nos rosés de l'été ».

Limpide. Les mots qui coulent de mon clavier d'ordinateur, comme l'eau de la fontaine Diane. J'ai une pensée pour ceux qui m'ont appris les mots, mon instituteur auscitain et mon professeur de français lycée Henri IV à Paris. Puis je me rends, toujours seul, à l'angle de la demi-lune et du rempart voir la jolie fontaine médiévale Hountélie : « En retrait vers l'est sur le rempart auquel il s'intègre, le mur de la fontaine est percé d'un grand arc brisé en abritant deux autres réunis par une colonne médiane à chapiteau et feuillage à boules d'un style de transition romano gothique. Derrière une grille en fer forgé terminée par des fleurons d'esprit gothique, s'étend le bassin sous une voûte d'arête correspondant au tracé du grand arc ». Je n'ai rien à ajouter à la description de l'historien Paul Mesplé et il est indéniable que cette fontaine lectouroise a de l'allure.

Tôt ce matin, je me rends au supermarché pour faire quelques courses alimentaires, cela me rappelle ma jeunesse quand j'allais à celui de Fleurance. Les vendeuses et caissières sont sympathiques, je me demande ce qu'elles peuvent bien penser de cet homme solitaire qui pousse son caddie en plastique bleu et y met après moult circonspections quelques produits soigneusement choisis. L'une des employées me tend gentiment ma « carte de fidélité », qui est enfin arrivée huit jours après que j'ai rempli le questionnaire adéquat. Tout va bien. Même si je n'ai pas su garder ton amour trente ans plus tôt.

À l'époque, j'étais encore un apprenti gascon, c'était d'ailleurs le titre que j'avais donné aux cahiers où je notais mes souvenirs de vacances, lorsque j'avais une dizaine d'années ; fasciné par les livres de Marcel Pagnol, je m'étais mis en tête de suivre le même chemin littéraire, raison pour laquelle je traçais le récit de mes séjours d'enfant en Gascogne. Brugnens, Fleurance, Auch constituaient le décor de ce rêve puéril. Grâce à Marcel Pagnol, je découvris également Albert Cohen et la façon d'écrire l'amour passionné qu'il était possible d'éprouver pour une femme.

L'ordinateur intervint très tôt dans mon existence grâce à un ami qui me téléphona un jour des États-Unis, où il séjournait, afin de proposer de me rapporter en France un nouvel ordinateur personnel révolutionnaire, fabriqué par Apple. Depuis, je n'ai cessé de m'amuser avec ce stylo intelligent, devenu au fil du temps, par le talent des chercheurs de la société de Steve Jobs, un génial outil multifonctions, à tel point que j'ai souvent été pris pour un informaticien. Pourtant, je n'ai d'autre prétention que d'écrire quelques jolis livres. Une de mes amies toulousaines, la philosophe Monique Lise Cohen, est persuadée que l'ordinateur est un vecteur du Ruah, le souffle divin prophétique. Elle lie la Cabale et cybernétique, « les lettres sont mises en relation avec les membres du corps » ; moi qui suis rationaliste et athée, j'y vois davantage un outil polyvalent, une sorte de couteau suisse informatique dont je me sers pour aider des gens que j'aime bien et qui en ont besoin.

« Écrire, pourquoi, d'ailleurs ? » Milan Kundera a terminé l'un de ses ouvrages par cette phrase qui m'a beaucoup marqué, je ne sais plus s'il s'agit de *l'Art du roman* ou bien *Le Livre du rire et de l'oubli*.

Mais je n'oublie pas que je suis à Lectoure, ville du culte de Cybèle et des tauroboles, ce qui me convient tout à fait pour le sacrifice inéluctable de l'agneau désiré. Car la dimension humaine et universelle de ce petit roman estival, c'est bien cette inaccessible étoile, l'amour d'un homme pour une femme, la recherche de la paix qui guide cette quête presque impossible : retrouver trente ans plus tard la tendresse et le sentiment amoureux d'Emmanuelle.

À vrai dire, lorsque j'ai commencé ce roman autobiographique il y a quelques semaines, je ne croyais pas véritablement qu'il serait possible de te reconquérir. J'ai alors raconté une belle histoire qui pourrait être entièrement vraie, j'ai essayé de rendre crédible ce récit inimaginable. De donner du sens aux mots et une réalité aux personnages. Mais j'étais loin de me douter que la force de l'amour que j'avais ainsi exprimée envers toi allait avoir pour conséquence de te voir arriver, hier soir, jusqu'à la porte d'entrée de ma maison lectouroise. Je t'ai ouvert, bien évidemment ; sans dire un mot, tu es venue te serrer contre moi et nous avons recommencé à nous aimer comme si rien ne s'était passé depuis trente ans. J'ai simplement pensé que j'avais eu raison de t'attendre, Emmanuelle.

Dernier dimanche d'août à Lectoure. J'ouvre les volets, le soleil brille, les oiseaux chantent et le ciel est bleu. Soudain, je vois apparaître dans l'embrasure de ma fenêtre une échelle tombée des cieux, non pas une échelle de soie pour rejoindre ma Juliette, mais une échelle en filins d'acier lancée d'un hélicoptère. Un Puma dernier cri, modèle de choc de l'Armée de l'Air française. *The game is not over.* C'est le destin.

Éditeur :
Books on Demand GmbH,
12/14 rond-point des Champs Élysées,
75008 Paris, France

Impression :
Books on Demand GmbH, Norderstedt, Allemagne

ISBN : 9782810628858

Dépôt légal : février 2016

www.bod.fr